The BOOK *of* SOLUTION

오늘의 해결책

-secret-

오늘의 해결책 시크릿

초판 1쇄 발행 2019년 6월 27일
초판 3쇄 발행 2023년 5월 22일

지은이 제임스 블런트
책임편집 조혜정
디자인 그별
펴낸이 남기성

펴낸곳 주식회사 자화상
인쇄,제작 데이타링크
출판사등록 신고번호 제 2016-000312호
주소 서울특별시 마포구 월드컵북로 400, 2층 201호
대표전화 (070) 7555-9653
이메일 sung0278@naver.com

ISBN 979-11-89413-89-7 02800

서문

이 책 안에는 당신이 궁금해하는
삶의 작지만 확실한 해답이 들어있습니다.
부디, 그 작은 평화가 당신의 마음 안에서
조금씩 행복의 싹을 틔울 수 있기를 바랍니다.
잊지 마세요.
해답은 이미 내 안에 있습니다.

나는 비극을 생각하지 않아요.
그저 여전히 남아 있는 아름다움을 생각해요.

I don’t think of all the misery,
but of the beauty that still remains.

_ Anne Frank

어제로 되돌아가는 것은 소용없는 일이다.
그때 나는 다른 사람이었기 때문이다.

It's no use going back to yesterday,
because I was a different person then.
_ Lewis Carroll

우리는 모두 진흙탕 속에 있다.
그러나 우리 중 몇몇은 밤하늘의 별을 본다.

We are all in the gutter, but some of us are looking at the stars.

_ Oscar Wilde

사랑의 종류는 오직 하나다.
다만 천 가지 다른 버전이 있을 뿐.

There is only one kind of love, but there are a thousand different versions.

_ François de La Rochefoucauld

로맨스의 가장 주요한 정수는 불확실성이다.

The very essence of romance is uncertainty.

_ Oscar Wilde

만약 당신이 어디로 가야 할지 모르겠다면,
어떤 길이든 당신을 그곳으로 데려다줄 것이다.

If you don't know where you're going, any road'll take you there.

_ George Harrison

삶이란 우리가 다른 것을 계획하는 동안
우리에게 벌어지는 일이다.

Life is what happens to us while we are making other
plans.

_ Allen Saunders

정신이상은 같은 짓을 또 하고 또 하면서
다른 결과를 기대하는 것이다.

Insanity is doing the same thing, over and over again,
but expecting different results.
_ Narcotics Anonymous

우리는 단 한 번의 인생을 산다.
하지만 제대로 산다면, 한 번으로 충분하다.

You only live once, but if you do it right, once is enough.

_ Mae West

최고의 친구만이 거짓 미소 뒤의 고통을 볼 수 있다.

Only a best friend can see the pain behind a fake smile.

_ Unknown

행복의 문 하나가 닫히면 또 다른 문이 열린다.
그런데 우리는 닫힌 문만 오랫동안 쳐다보다가
우리를 향해 열린 그 문을 못 본다.

When one door of happiness closes, another opens ;
but often we look so long at the closed door that we
do not see the one which has been opened for us.

_ Helen Keller

아름다움은 사랑하는 이에게 곧 익숙해진다.
눈에 점점 희미해지고 감각에는 시들해진다.

Beauty soon grows familiar to the lover, fades in his eye, and palls upon the sense.

_ Joseph Addison

당신이 나를 어떻게 생각하는지 관심 없다.
나는 당신 생각을 전혀 안 한다.

I don't care what you think of me. I don't think of you
at all.

_ Coco Chanel

그리고 너의 마음을 즐거운 웃음과 희열 속에
가둬놓아라. 그러면 천 가지 해로움을 막고
생이 길어질 것이다.

And frame your mind to mirth and merriment,
Which bars a thousand harms and lengthens life.
_ William Shakespeare

당신을 있는 그대로 받아들이세요.
연쇄 살인범만 아니라면요.

Accept who you are. Unless you're a serial killer.

_ Ellen DeGeneres

행복을 경험하면서는 그것을 의식하기 힘들다. 우리는 꼭 행복이 지나 간 후에야 뒤돌아보면서 무척 행복했다는 걸 돌연, 때로는 당혹스레 깨닫게 된다.

While experiencing happiness, we have difficulty in being conscious of it. Only when the happiness is past and we look back on it do we suddenly realize—sometimes with astonishment—how happy we had been.

_ Nikos Kazantzakis

하던 일을 멈출 때가 있다. 가만히 앉는다.
귀를 기울인다. 완전히 다른 세계로부터 미풍이
속삭이기 시작한다.

There are times when we stop, we sit still. We listen
and breezes from a whole other world begin to
whisper.

_ James Carroll

인생은 본래 위험하다.

그래도 꼭 피해야 할 큰 위험이 딱 하나 있는데,

그건 아무 일도 안 하는 위험이다.

Life is inherently risky. There is only one big risk you should avoid at all costs, and that is the risk of doing nothing.

_ Denis Waitley

적은 물론 자신의 쾌락도 이겨내야
용기 있는 사람이다.

The brave man is he who overcomes not only his
enemies but his pleasures.

_ Democritus

사랑이 빛을 비춘다면 남에 대한 혹평은 눈을 멀게
만든다. 타인을 혹평함으로써 우리는 자신이 자신의
사악함을 못 보게 만든다.

Judging others makes us blind, whereas love is
illuminating. By judging others we blind ourselves to
our own evil.

_ Dietrich Bonhoeffer

내일이 아니라 오늘 당신이 한 일이
당신의 미래를 창조한다.

Your future is created by what you do today, not
tomorrow.

_ Unknown

내일 일을 잘하기 위한 최고의 준비는

오늘 일을 잘하는 것이다.

The best preparation for good work tomorrow is to do good work today.

_ Elbert Hubbard

화내고 후회하고 걱정하고 원한을 품은 채 시간을 낭비하지 마라. 불행하기에는 인생이 너무 짧다.

Don't waste your time in anger, regrets, worries, and grudges. Life is too short to be unhappy.

_ Roy T. Bennett

내일을 위한 최고의 준비는

오늘 최선을 다하는 것이다.

The best preparation for tomorrow is doing your best today.

_ H. Jackson Brown Jr.

너의 장미가 소중한 것은
네가 지금까지 쏟은 시간 덕분이야.

It is the time you have wasted for your rose that makes
your rose so important.
_ Antoine de Saint-Exupéry

기억은 총탄과 같다. 어떤 것은 휙 지나가며
깜짝 놀라게 만들지만 어떤 것은 당신을 찢어서
열고 조각을 낸다.

Memories are bullets. Some whiz by and only spook
you. Others tear you open and leave you in pieces.
_ Richard Kadrey

시간은 사람이 쓸 수 있는 가장 값비싼 것이다.

Time is the most valuable thing that a man can spend.

_ Diogenes

당신의 시간은 유한하다.

다른 사람의 인생을 살면서 시간을 낭비하지 마라.

그리고 가장 중요한 게 있다.

자신의 마음과 직관을 따를 용기를 가져야 한다.

Your time is limited, so don't waste it living someone else's life··· And most important, have the courage to follow your heart and intuition.

_ Steve Jobs

시간이 지울 수 없는 기억이 없고
죽음이 소멸시키지 않는 슬픔이 없다.

There is no memory that time doesn't erase nor any
sorrow that death doesn't extinguish.
_ Miguel de Cervantes

인생에서 내가 가장 좋아하는 것은

돈이 전혀 들지 않는다. 너무나 분명한 사실이 있다.

우리 모두가 가진 가장 귀중한 자원은 바로 시간이다.

My favorite things in life don't cost any money. It's really clear that the most precious resource we all have is time.

_ Steve Jobs

기억은 안식의 치명적 적이다!

Oh, memory, deadly enemy of my rest!

_ Miguel deCervantes

당신이 자기 인생을 쓰지 않으면 문제가 생긴다.

다른 사람이 대신 써버린다.

The trouble is if you don't spend your life yourself,

other people spend it for you.

_ Peter Shaffer

꿈의 실현을 불가능하게 만드는 것은 단 하나다.
실패에 대한 두려움이다.

There is only one thing that makes a dream impossible
to achieve: the fear of failure.
_ Paulo Coelho

지능은 변화에 적응하는 능력이다.

Intelligence is the ability to adapt to change.

_ Stephen Hawking

용기란 겁이 없는 게 아니라 겁을 극복하는 것임을
알게 되었다. 용감한 사람은 무서움을 느끼지 않는
사람이 아니라 무서움을 정복하는 사람이다.

I learned that courage was not the absence of fear,
but the triumph over it. The brave man is not he who
does not feel afraid, but he who conquers that fear.

_ Nelson Mandela

강한 종이 생존하는 것은 아니다. 가장 지적인 종도 아니다. 변화에 가장 민감한 종이 생존한다.

It is not the strongest of the species that survive, nor the most intelligent, but the one most responsive to change.

_ Charles Darwin

당신이 원했던 모든 것은 두려움의 뒷면에 있다.

Everything you've ever wanted is on the other side of fear.

_ George Addair

내가 월스트리트에서 부자가 되는 비밀을 말해주겠어요. 다른 사람들이 두려워할 때 탐욕스러워지도록 노력하고, 남들이 탐욕스러울 때 두려워하세요.

I will tell you the secret to getting rich on Wall Street. You try to be greedy when others are fearful. And you try to be fearful when others are greedy.

_ Warren Buffett

매일 무서운 일을 하나씩 하라.

Do one thing every day that scares you.

_ Eleanor Roosevelt

인생은 자전거 타기와 같다. 균형을 잡기 위해서는
계속 움직여야 한다.

Life is like riding a bicycle. To keep your balance you
must keep moving.

_ Albert Einstein

우리가 타인을 향해 화내게 하는

그 모든 것들이 우리 자신을 이해하게 한다.

Everything that irritates us about others can lead us to

an understanding of ourselves.

_ Carl Jung

자기 조절은 자기 존중의 최고 중요한 성분이다.
그리고 자기 존중은 용기의 가장 중요한 성분이다.

Self-control is the chief element in self-respect, and
self-respect is the chief element in courage.

_ Thucydides

시간이 돈보다 더 가치 있습니다. 돈은 더 가질 수는
있지만 시간은 더 가질 수는 없습니다.

Time is more valuable than money. You can get more
money, but you cannot get more time.

_ Jim Rohn

어떤 일이 잘못된다면 난 이렇게 조언하겠다.

침착함을 유지하고 계속해라.

If something does go wrong, here is my advice. Keep calm and carry on.

_ MairaKalman

당신이 누군가를 미워한다면 그 사람 속에 있는
당신 자신의 일부를 미워하는 것이다.
당신의 일부가 아니라면 당신을 어지럽힐 수 없다.

If you hate a person, you hate something in him
that is part yourself. What isn't part ourselves doesn't
disturb us.

_ Hermann Hesse

왜 아픈지 기억할 수 없다면 그때 치유된 것이다.

When you can't remember why you're hurt, that's
when you're healed.
_ Jane Fonda

인생에서 재미있는 게 있다. 당신이 최고가 아닌 것을 거절하면, 최고를 아주 자주 얻게 된다는 것이다.

It's a funny thing about life; if you refuse to accept anything but the best, you very often get it.

_ W. Somerset Maugham

부자와 빈자의 유일한 차이는

시간을 쓰는 방법입니다.

The only difference between a rich person and a poor person is how they use their time.

_ Robert Kiyosaki

기억해. 네가 과거를 잊고 앞으로 나가거나 말거나
과거에 빠져 있거나 말거나 인생은 계속 된다.

Remember, whether you choose to move on or stay
stuck in the past, life goes on!

_ Billy Cox

위대해지면 오해를 받게 되어 있다.

To be great is to be misunderstood.

_ Ralph Waldo Emerson

당신의 고통은 당신의 이해력을 둘러싼
껍질을 깨는 것이다.

Your pain is the breaking of the shell that encloses
your understanding.
_ Khalil Gibran

문제가 없는 친구를 신뢰하지 마세요.

그리고 여자를 사랑하세요. 천사 말고요.

Trust no friend without faults, and love a woman, but no angel.

_ Doris Lessing

백만장자가 되기 전에 당신은 백만장자처럼 생각하는 걸 먼저 배워야 합니다. 용기를 갖고 두려움에 맞서게 자신을 동기부여하는 방법을 배워야 합니다.

Before you can become a millionaire, you must learn to think like one. You must learn how to motivate yourself to counter fear with courage.

_ Thomas J. Stanley

내가 인생에 대해 배운 것을

세 단어로 요약할 수 있다. "인생은 계속 된다."

In three words I can sum up everything I've learned

about life: "it goes on."

_ Robert Frost

설명하기 위해 시간을 낭비하지 마라.
사람들은 자기가 듣길 원하는 것만 듣는다.

Don't waste your time with explanations: people only
hear what they want to hear.

_ Paulo Coelho

고통은 지혜와 진실로 가는 입구이다.

Pain is the doorway to wisdom and to truth.

_ Keith Miller

사랑을 소중히 여기지도 않는 사람에게
당신의 사랑을 낭비하지 말아요.

Don't waste your love on somebody,
who doesn't value it.
_ William Shakespeare

당신이 부자가 되는 걸 막고 있는 건 무엇일까요? 대부분의 경우 단순해요. 믿음이 없어서입니다. 부자가 되려면 당신이 할 수 있다고 꼭 믿어야 합니다. 또 목적 달성에 필요한 행동을 반드시 취해야만 합니다.

What's keeping you from being rich? In most cases it's simply a lack of belief. In order to become rich, you must believe you can doit, and you must take the actions necessary to achieve your goal.

_ Suze Orman

깊이 숨을 쉬세요. 그리고 기억하세요.
당신의 강인함은 내면에 있어요.

Take a deep breath…Remember. Your strength is within.

_ Mimi Novic

그녀를 겁에 질리게 만든 것은 죽음이 아니라

오해였다.

It was not death she feared. It was misunderstanding.

_ Zora Neale Hurston

고통이 용기를 키운다. 당신에게 좋은 일만
일어나면 당신은 용감해질 수 없다.

Pain nourishes courage. You can't be brave if you've
only had wonderful things happen to you.

_ Mary Tyler Moore

진실은 이렇다. 모든 사람은 상처를 준다.
우리는 고통에 값할 사람들을 꼭 찾아내야 한다.

The truth is, everyone is going to hurt you. You just got to find the ones worth suffering for.

_ Bob Marley

성공을 목표로 삼지 마라. 성공을 겨냥할수록
놓치게 될 것이다. 성공에 대해서 생각하는 걸
잊어버려야 성공이 따라온다.

Don't aim at success. The more you aim at it... the
more you are going to miss it. ··· Success will follow
you precisely because you had forgotten to think
about it.

_ Viktor E. Frankl

나는 늘 외부에서 강인함과 확신을 찾으려 했다.
하지만 그것은 나의 내면에서 나온다.
강인함과 확신은 언제나 내 속에 있다.

I was always looking outside myself for strength and confidence, but it comes from within. It is there all the time.

_ Anna Freud

모든 사람은 인생의 한 때에 배제되고 오해받는
기분을 느끼게 된다.

Everyone at some point in their lives feels excluded
and misunderstood.

_ Hugh Bonneville

모든 아름다운 것 배후에는 어떤 고통이 있다.

Behind every beautiful thing, there's some kind of pain.

_ Bob Dylan

결혼은 지성에 대한 상상력의 승리이다.
두 번째 결혼은 경험에 대한 희망의 승리이다.

Marriage is the triumph of imagination over intelligence. Second marriage is the triumph of hope over experience.

_ Oscar Wilde

나는 돈 많은 가난뱅이로 살고 싶다.

I'd like to live as a poor man with lots of money.

_ Pablo Picasso

당신은 외부 사건이 아니라 마음을 지배할 힘을
갖고 있다. 이 사실을 깨달으면 강인함을
얻게 될 것이다.

You have power over your mind-not outside events.
Realize this, and you will find strength.

_ Marcus Aurelius

내가 의견을 존중하는 사람에게서 오해를 받으면
가장 큰 고통을 느끼게 된다.

Being misunderstood by people whose opinions you
value is absolutely the most painful.
_ Gloria Steinem

정신적 고통이 육체적 고통보다 강렬한 것은 아니지만 정신적 고통이 더 흔하고 견디기 더 힘들다. 정신적 고통을 숨기려고 자주 시도하면 괴로움이 커진다. "내 마음이 아파요"보다 "내 이가 아파요"가 말하기 쉽다.

Mental pain is less dramatic than physical pain, but it is more common and also more hard to bear. The frequent attempt to conceal mental pain increases the burden: it is easier to say "My tooth is aching." than to say "My heart is broken."

_ C.S. Lewis

나는 네가 다양한 시각을 가진 사람들을 만나길 바란다. 나는 네가 스스로 자랑스러워할 생을 살기를 바란다. 만일 자랑스러운 삶이 아니라면, 다시 시작할 힘을 갖길 기원한다.

I hope you meet people with a different point of view. I hope you live a life you're proud of. If you find that you're not, I hope you have the strength to start all over again.

_ From 『The curious case of Banjamin Button and Other Jazz Age Stories』

아침에 일어나고 밤에 잠자며 그 사이에는 원하는
일을 하면 성공한 것이다.

A man is a success if he gets up in the morning and
goes to bed at night and in between does what he
wants to do.

_ Bob Dylan

동물들을 대하는 행동을 보면 모든 사람은 나치다.

In their behavior toward creatures, all men are Nazis.

_ Isaac Bashevis Singer

분노는 독약을 마신 후
남이 죽기를 기다리는 것과 같다.

Resentment is like drinking poison and waiting for
the other person to die.

_ Carrie Fisher

어떤 오래된 상처는 절대 치유되지 않아서 사소한
말 한마디에도 또 다시 피가 난다.

Some old wounds never truly heal, and bleed again at
the slightest word.

_ George R. R. Martin

우리가 뒤에 남겨놓는 것보다 훨씬 더 좋은 것들이
우리 앞에 있다.

There are far, far better things ahead than any we leave
behind.

_ C.S. Lewis

사랑을 해봤나요? 끔찍하지 않았어요? 사랑은 당신을 아주 취약하게 만듭니다. 사랑은 당신 가슴과 심장을 열어놓습니다. 그건 다른 사람이 당신 속으로 들어와 헤집어놓을 수 있다는 뜻입니다.

Have you ever been in love? Horrible isn't it? It makes you so vulnerable. It opens your chest and it opens up your heart and it means that someone can get inside you and mess you up.

_ Neil Gaiman

오직 한 가지 성공만 존재한다. 나의 인생을
내 방식대로 쓸 수 있다면 그것이 성공이다.

There is only one success… to be able to spend your
life in your own way.

_ Christopher Morley

당신의 불완전성을 포용하세요.

당신은 기계가 아니니까요.

Embrace your imperfections. We are not machines.

_ Lorin Morgan-Richards

사람들은 인간은 항상 동물을 먹어왔다고 흔히 말한다. 그 사실이 육식을 정당화하기라도 하는 것처럼 말한다. 같은 논리라면 사람이 다른 사람을 살해하는 것을 막으려 하지 말아야 한다. 그것도 아주 오래된 시대부터 행해졌기 때문이다.

People often say that humans have always eaten animals, as if this is a justification for continuing the practice. According to this logic, we should not try to prevent people from murdering other people, since this has also been done since the earliest of times.

_ Isaac Bashevis Singer

감사는 위대한 미덕일 뿐 아니라,

모든 미덕의 부모이다.

Gratitude is not only the greatest of virtues, but the parent of all others.

_ Marcus Tullius Cicero

인생은 고통이다.

다르게 말하는 사람은 뭔가 속셈이 있는 것이다.

Life is pain··· Anyone who says differently is selling something.

_ William Goldman

사랑의 기쁨은 한순간 지속되지만

사랑의 아픔은 평생 지속된다.

Pleasure of love lasts a moment, pain of love lasts a lifetime.

_ Jean PierreClaris de Florian

성공이 행복의 열쇠가 아니다.
행복이 성공의 열쇠이다.

Success is not the key to happiness. Happiness is the key to success.

_ Herman Cain

나는 항상 빗속을 걷는 게 좋다.
그러면 내가 우는 걸 아무도 못 본다.

I always like walking in the rain, so no one can see me crying.

_ Charlie Chaplin

당신의 불완전함이 당신을 아름답게 만듭니다. 당신의 불완전함이 당신의 진짜 모습입니다. 그러니 자신의 모습을 유지하고, 있는 그대로 당신을 사랑하고, 계속 앞으로 나아가세요.

Your imperfections make you beautiful, they make you who you are. So just be yourself, love yourself for who you are and just keep going.

_ Demi Lovato

감사하면 과거를 이해할 수 있고 현재의 평화를
이루고 미래를 향한 비전을 얻게 된다.

Gratitude makes sense of our past, brings peace for
today, and creates a vision for tomorrow.
_ Melody Beattie

어떤 일에 화가 날 때마다 자신에게 물어보자.
내일 죽는다면 그렇게 화내며 시간을 낭비할
가치가 있는 문제일까.

Everytime you get upset at something, ask yourself if
you were to die tomorrow, was it worth wasting your
time being angry?

_ Unknown

더 많은 걸 좋아하는 사람은 열등한 존재이며

반드시 고통을 겪는다.

He who loves the more is the inferior and must suffer.

_ Thomas Mann

마음이 곧 한계다. 당신이 뭔가를 할 수 있다고
마음이 상상하는 한 당신은 할 수 있다.
단 당신은 정말 100% 믿어야 한다.

The mind is the limit. As long as the mind can
envision the fact that you can do something, you can
do it, as long as you really believe 100 percent.
_ David Hockney

사랑은 모든 기쁨과 슬픔의 뿌리다.

Love is the root of all joy and sorrow.

_ Meister Eckhart

성공은 언제나 더 큰 노력을 요구한다.

Success always demands a greater effort.

_ Winston Churchill

예술가가 작품을 끝내는 일은 결코 없다.

포기할 뿐이다.

An artist never finishes a work, he merely abandons it.

_ Paul Valery

어떤 것을 더 이상 원치 않으면 즉시 내 것이 된다.

As soon as you stop wanting something, you get it.

_ Andy Warhol

자신이 가진 것에 감사해야 한다. 그러면 더 많이 갖게 될 것이다. 갖기 못한 것에 집중하면 충분히 갖는 날이 오지 않을 것이다.

Be thankful for what you have; you'll end up having more. If you concentrate on what you don't have, you will never, ever have enough.

_ Oprah Winfrey

당연시된다면 칭찬이 될 수 있다.
당신이 누군가의 삶에서 편안하고 신뢰받을 수 있는
일부가 되었다는 의미이다.

Being taken for granted can be a compliment. It
means that you've become a comfortable, trusted
element in another person's life.

_ Joyce Brothers

하지 못한 말을 품는 것처럼 큰 고통은 없다.

There is no greater agony than bearing an untold story inside you.

_ Maya Angelou

인생의 최고 행복은 사랑받는다는 확신에 있다.

The supreme happiness of life consists in the
conviction that one is loved.

_ Victor Hugo

꿈을 현실로 만들려면 마술로는 안 된다.
땀과 결단과 고된 노력이 필요하다.

A dream doesn't become reality through magic; it takes sweat, determination, and hard work.

_ Colin Powell

사람들은 비가 내리면

너무나 많은 고통을 느끼게 된다.

One can find so many pains when the rain is falling.

_ John Steinbeck

합리적인 사람은 자신을 세상에 맞춘다. 반면 비합리적인 사람은 세상을 자신에게 맞추려는 시도를 멈추지 않는다. 그러므로 모든 진보는 비합리적인 사람에게 달려있다.

The reasonable man adapts himself to the world; the unreasonable one persists in trying to adapt the world to himself. Therefore all progress depends on the unreasonable man.

_ George Bernard Shaw

나는 내가 뭘 원하는지 모른다.
그런데 원하지 않는 건 뭔지 안다.

I don't know what I want, but I know what I don't want.

_ Woody Allen

감사한 마음을 가지면 두려움이 사라지고

여유로움이 생긴다.

When you are grateful, fear disappears and abundance

appears.

_ Anthony Robbins

지옥은 감사할 줄 모르는 사람들로 채워져있다.

Hell is filled with the ungrateful.

_ Miguel de Cervantes

숲에 두 갈래의 길이 있었다. 나는 사람들이 덜 다닌
길을 택했고 그것이 모든 차이를 만들어냈다.

Two roads diverged in a wood… I took the one less
travelled by, and that has made all the difference.

_ Robert Frost

가능성의 한계를 알아내는 유일한 방법은 한계를
넘어서 불가능의 영역 속으로 들어가는 것이다.

The only way to discover the limits of the possible is
to go beyond them into the impossible.

_ Arthur C. Clarke.

하나의 단어가 모든 삶의 무게와 아픔에서 우리를
해방시킨다. 그 단어는 사랑이다.

One word frees us of all the weight and pain of life:
That word is love.
_ Sophocles

실패가 불가능한 듯 믿고 행동하라.

Believe and act as if it were impossible to fail.

_ Charles Kettering

해가 비치는 맑은 날에는 신체가 향상되고 비 오며
안개 낀 날에는 마음이 향상된다.

On a sunny clear day, you can improve your body; on
a rainy foggy day, you can improve your mind.
_ Mehmet Murat ildan

나 자신만큼 나에게 현명한 조언을 해줄 수 있는 사람은 없다. 자신에게 귀를 기울이면 결코 잘못된 길을 가지 않을 것이다.

Nobody can give you wiser advice than yourself: if you heed yourself, you'll never go wrong.

_ Cicero

당신이 인생을 사랑하면 인생도
당신을 사랑하게 될 것이다.

I have found that if you love life, life will love you back.

_ Arthur Rubinstein

대부분의 사람은 당연히 여기는 능력이
거의 무한하다.

Most human beings have an almost infinite capacity
for taking things for granted.

_ Aldous Huxley

나는 언제나 내가 못하는 일을 한다. 그 일을 하는 방법을 배우고 싶어서다.

I am always doing that which I cannot do, in order that I may learn how to do it.

_ Pablo Picasso

당신의 열정을 따르라. 노력하고 희생할 준비를 하라. 무엇보다 누군가 당신의 꿈에 한계를 정하는 걸 용납하지 마라.

Follow your passion, be prepared to work hard and sacrifice, and, above all, don't let anyone limit your dreams.

_ Donovan Bailey

사랑하면 모든 사람이 시인이다.

Every man is a poet when he is in love.

_ Plato

나는 실패하지 않았다.

통하지 않는 1만 가지 방법을 알아냈을 뿐이다.

I have not failed. I've just found 10,000 ways that won't work.

_ Thomas Edison

비 오는 날은 집에서

차 한 잔과 좋은 책 한 권으로 보내야 한다.

Rainy days should be spent athome with a cup of tea

and a good book.

_ Bill Watterson

나는 소중한 한 사람에게는 아름다워요.

I'm beautiful to the one person who matters.

_ Unknown

위험은 너무 많은 신념 위에서 가장 잘 자란다.

Danger breeds best on too much confidence.

_ Pierre Corneille

자기 인생을 많이 칭찬하고 축하하면,
축하할 일이 인생에 많이 생긴다.

The more you praise and celebrate your life, the more
there is in life to celebrate.
_ Oprah Winfrey

나의 경우 타인의 생을 판단하지 않는다. 나는 오로지 나를 놓고 평가하고 선택하고 거절해야만 한다. 오직 나 하나만을 놓고서.

It is not for me to judge another man's life. I must judge, I must choose, I must spurn, purely for myself. For myself, alone.

_ Hermann Hesse

당신이 위험을 감수하면 성공할 때도 있고 실패할 때도 있으며, 성공과 실패 모두 똑같이 중요하다는 것도 배우게 된다.

When you take risks you learn that there will be times when you succeed and there will be times when you fail, and both are equally important.

_ Ellen DeGeneres

결코라는 말은 결코 하지 마라.

한계란 두려움처럼 대개 환상일 뿐이니까.

Never say never, because limits, like fears, are often just an illusion.

_ Michael Jordan

사랑을 하면 앞으로 나가고 상처받을 위험을
감수해야 한다. 사랑은 놀라운 감정이니까.

With love, you should go ahead and take the risk of
getting hurt because love is an amazing feeling.

_ Britney Spears

비참하게 실패할 용기가 있는 사람이

위대하게 성공할 수 있다.

Those who dare to fail miserably can achieve greatly.

_ John F. Kennedy

비 오는 날은 숲속 산책에 가장 완벽하다.

A rainy day is the perfect time for a walk in the woods.

_ Rachel Carson

살을 빼려고 애쓰면서

나의 싱글 시절을 다 보냈는데

결국에는 내가 살찌면 사랑하겠다는 남자를 만났다.

I spent my whole single life trying to be thin just

tofind someone who'd love me once I got fat.

_ Stephanie Klein

용감한 사람의 심장이 불운을 깨뜨린다.

A stout man's heart breaks bad luck.

_ Miguelde Cervantes

사람들은 산의 높이, 바다의 거대한 파도, 강의 긴 흐름, 대양의 광대함, 별의 원 운동을 보면서 경이를 느끼려고 여행을 떠난다. 그런데 사람들은 정작 자신의 경이로움은 못보고 지나친다.

People travel to wonder at the height of mountains, at the huge waves of the sea, at the long courses of rivers, at the vast compass of the ocean, at the circular motion of the stars; and they pass by themselves without wondering.

_ St. Augustine

당신의 분노가 사람이 아니라
문제를 향하도록 하는 것이 현명하다.

It is wise to direct your anger towards problems–not people.

_ William Arthur Ward

가장 큰 리스크는 리스크를 감수하지 않는 것이다. 극히 빠르게 변화하는 세상에서 반드시 실패하는 전략이 하나 있다. 리스크를 감수하지 않는 전략은 반드시 실패한다.

The biggest risk is not taking any risk··· In a world that's changing really quickly, the only strategy that is guaranteed to fail is not taking risks.

– Mark Zuckerberg

한계를 안다는 것은 아미
그것을 넘어섰다는 뜻이다.

To be aware of limitations is already to be beyond
them.

_ Walter A. Davis

숨쉬기를 원하듯

성공을 간절히 원해야 성공할 수 있다.

When you want to succeed as bad as you want to breathe, then you'll be successful.

_ Eric Thomas

오늘은 내일 죽는다.

Today will die tomorrow.

_ Algernon Charles Swinburne

얼마나 말랐거나 살쪘는지 말고도

인생에는 중요한 문제가 훨씬 많다.

There's a lot more to life than how fat or thin you are.

_ Kirstie Alley

작은 마음은 불운에 길들여지고 압도되지만,
큰 마음은 불운 위로 솟아오른다.

Little minds are tamed and subdued by misfortune;
but great minds rise above it.

_ Washington Irving

한 사람이 필요한 것을 찾아 세계를 여행했는데,

집에 돌아와서야 그것들을 찾아냈다.

A man travels the world over in search of what he needs and returns home to find it.

_ George Moore

나는 다른 사람을 판단하지 않는다.
타인에 대한 판단은 내 관심의 중심,
내가 집중하는 대상, 내 자신을 보이지 않게 한다.

I don't judge people. It blurs out the center of my attention, my focus, myself.

_ Toba Beta

인생은 누구나에게 쉽지 않다. 하지만 그게 뭐란 말인가? 우리는 끈기를 가져야 하고 무엇보다 자기 확신을 가져야 한다. 우리가 어떤 것에 재능이 있으며, 어떤 희생을 하더라도 그것을 성취해야 한다고 믿어야 한다.

Life is not easy for any of us. But what of that? We must have perseverance and above all confidence in ourselves. We must believe that we are gifted for something, and that this thing, at whatever cost, must be attained.

_ Marie Curie

나는 모든 일을 할 수는 없지만
어떤 일은 할 수 있다.
할 수 있는 일을 안 해서는 안 된다.

I can not do everything, but I can do something. I
must not fail to do the something that I can do.

_ Helen Keller

자신감은 승리의 기억이다.

Self-confidence is the memory of success.

_ David Storey

오늘이 인생이다. 당신이 확신할 수 있는 유일한 인생은 오늘이다. 오늘을 최대한 활용하라. 뭔가에 관심을 가져라. 당신을 흔들어 깨워라. 취미를 만들어라. 열정의 바람이 당신을 휩쓸게 하라. 격정적으로 오늘을 살아라.

Today is life-the only life you are sure of. Make the most of today. Get interested in something. Shake yourself awake. Develop a hobby. Let the winds of enthusiasm sweep through you. Live today with gusto.

_ Dale Carnegie

마른 사람들은 아름답다.

그런데 살찐 사람들은 사랑스럽다.

Thin people are beautiful, but fat people are adorable.

_ Jackie Gleason

그 불운이 어떤 큰 불운으로부터
당신을 구했는지는 알 수 없다.

You never know what worse luck your bad luck has
saved you from.
_ Cormac McCarthy

당신이 찾았던 그 놀라운 것들은

모두 당신 속에 있다.

All the wonders you seek are within yourself.

_ Thomas Browne

내가 어리고 상처받기 쉬운 나이일 때 아버지가 조언을 하셨는데 지금까지도 나는 마음으로 숙고하게 된다. 아버지는 나에게 말하셨다. “누군가를 비판하고 싶어지면 이것만 기억해라. 네가 갖고 있는 그 우월함이 세상 모든 사람에게 있는 건 아니야.”

In my younger and more vulnerable years my father gave me some advice that I've been turning over in my mind ever since. “Whenever you feel like criticizing any one,” he told me, “just remember that all the people in this world haven't had the advantages that you've had.”

_ From『The Great Gatsby』

편안한 인생을 달라고 기도하지 마라.

강한 사람이 되도록 기도하라.

Do not pray for easy lives. Pray to be stronger men.

_ John F. Kennedy

아무리 인생이 어려워 보여도 당신이 할 수 있으며
또 성공할 수 있는 일이 언제나 존재한다.
생명이 있는 한 희망도 있는 법이다.

However difficult life may seem, there is always
something you can do and succeed at. While there's
life, there is hope.

_ Stephen Hawking

질투 없는 사랑은 있겠지만 두려움 없는 사랑은

존재하지 않는다.

There may be love without jealousy, but there is none

without fear.

_ Miguel deCervantes

확신은 준비다. 그 밖의 모든 것은
우리가 통제할 수 없다.

Confidence is preparation. Everything else is beyond
your control.

_ Richard Kline

오늘 할 수 있는 일을 내일로 미루지 말라.

Don't put off until tomorrow what youcan do today.

_ Benjamin Franklin

'살찐' 게 인간에게 있을 수 있는 최악의 일일까요?
'살찐' 것이 '복수심이 넘치고' '질시하고' '얕고'
'자만하고' '지루하고' '잔인한' 것보다 나쁜가요?
내 생각에는 그렇지 않아요.

Is 'fat' really the worst thing a human being can be?
Is'fat' worse than 'vindictive', 'jealous', 'shallow', 'vain',
'boring' or'cruel'? Not to me.

_ J. K. Rowling

호흡하세요. 잊어버리세요.

그리고 자신에게 알려주세요.

바로 이 순간이 확실히 내 것인

유일한 시간입니다.

Breathe. Let go. And remind yourself that this very moment is the only one you know you have for sure.

_ Oprah Winfrey

용서하는 것은 지혜다. 망각성은 천재성이다….
심장이 한 번 뛸 때마다 새로운 세상이 열린다.

To forgive is wisdom, to forget is genius… It's a new
world every heartbeat.

_ Joyce Cary

당신이 뭔데 내 인생을 판단하는 거야?

나는 내가 완벽하지 않다는 거 알아.

또 난 완벽하게 살지도 않을 거야.

손가락질을 하기 전에 먼저 당신 손이 깨끗한지 봐!

Who are you to judge the life I live? I know I'm not perfect -and I don't live to be— but before you start pointing fingers··· make sure you hands are clean!

_ Bob Marley

'인생은 어렵다'라고 말하는 걸 들으면
나는 묻고 싶어진다. "뭐에 비해서요?"

When I hear somebody say 'Life is hard', I am always
tempted to ask 'Compared to what?'

_ Sydney J. Harris

대부분 사람들의 눈에 나는 무엇인가? 보잘것없으며 괴상하며 불쾌한 사람이다. 사회 지위가 없고 앞으로도 없을 사람이다. 즉 최하층보다 낮은 것이다. 좋다. 그 모든 것이 사실이라고 하자. 그렇다면 나는 작품을 통해 이 괴상하고 하찮은 사람의 가슴속에 무엇이 있는지를 보여주겠다. 이것이 나의 야심이며 내 야심은 분노보다는 사랑에 기반해있다.

What am I in the eyes of most people? A nonentity or an oddity or a disagreeable person—someone who has and will have no position in society, in short a little lower than the lowest. Very well—assuming that everything is indeed like that, then through my work I'd like to show what there is in the heart of such an oddity, such a nobody. This is my ambition, which is based less on resentment than on love.

_ Vincent van Gogh

다행히 영혼에게 통역사가 있다.
종종 무의식적이지만 그래도 신뢰할 수 있는
그 통역사는 바로 눈에 있다.

The soul, fortunately, has an interpreter — often an
unconscious but still a faithful interpreter — in the
eye.

_ Charlotte Brontë

성공의 중요한 열쇠는 자신감이다.
자신감의 중요한 열쇠는 준비다.

One important key to success is self-confidence. An important key to self-confidence is preparation.

_ Arthur Ashe

진정한 여행의 발견은 새로운 풍경을 찾는 게
아니라 새로운 눈을 얻는 데 있다.

The real voyage of discovery consists not in seeking
new landscapes, but in having new eyes.

_ Marcel Proust

여성이 자신의 베스트 프렌드가 되면

삶이 더 편해진다.

When a woman becomes her own best friend life is easier.

_ Diane Von Furstenberg

마음이 고요해질수록 성공과 영향력과 힘이 영원히 커집니다. 마음의 평온은 지혜의 가장 아름다운 보석입니다.

The more tranquil a man becomes, the greater is his success, his influence, his power for good. Calmness of mind is one of the beautiful jewels of wisdom.

_ James Allen

당신의 인생을 오늘 바꿔라.

미래로 도박을 걸지 말라.

지체하지 말고 지금 행동하라.

Change your life today. Don't gamble on the future,
act now, without delay.

_ Simone de Beauvoir

알코올은 인생이라는 수술을 견디게 하는 마취제다.

Alcohol is the anesthesia by which we endure the operation of life.

_ George Bernard Shaw

다른 사람을 정당하게 비난하거나 판정하는 것은
불가능하다. 누구도 타인을 정말로 알 수는 없기
때문이다.

No man can justly censure or condemn another,
because indeed no man truly knows another.
_ Sir Thomas Browne

우리는 모두 사랑받기를 원한다.

우리는 모두 받아들여지길 바란다.

또 만족을 원한다. 인생은 어렵다.

We all want to be loved. We all want to feel accepted.

We all want to feel content. And life is hard.

_ Hayley Kiyoko

결혼이 불행해지는 이유는

사랑이 부족해서가 아니라

우정이 부족해서다.

It is not a lack of love, but a lack of friendship that
makes unhappy marriages.

_ Friedrich Nietzsche

자신에 대한 믿음이 성공의 첫 번째 비밀이다.

Self-trust is the first secret of success.

_ Ralph Waldo Emerson

여행은 사람을 겸손하게 만든다.

이 세상에서 자신이 차지하는 위치가 얼마나 작은지

알게 된다.

Travel makes one modest. You see what a tiny place
you occupy in the world.

_ Gustave Flaubert

나는 이기적이고 조급하고 조금 불안정해요. 실수도 하고 자기 멋대로이며 때로는 다루기 아주 어렵죠. 그런데 이렇게 최악일 때의 나를 다루지 못한다면 너무나 분명해요. 당신은 최고일 때의 나를 사귈 자격이 없는 거예요.

I'm selfish, impatient and a little insecure. I make mistakes, I am out of control and at times hard to handle. But if you can't handle me at my worst, then you sure as hell don't deserve me at my best.

_ Marilyn Monroe

감정은 바람 거센 하늘의 구름처럼 오고 간다.
의식적인 호흡이 닻이 된다.

Feelings come and go like clouds in a windy sky.
Conscious breathing is my anchor.
_ Thich Nhat Hanh

모든 순간이 신선한 시작이다.

Every moment is a fresh beginning.

_ T. S. Eliot.

악마는 없는 거 알죠?

신이 술에 취하면 악마가 되는 거예요.

Don't you know there ain't no devil, it's just god when he's drunk.

_ Tom Waits.

당신이 타인을 판단하면 타인을 정의하는 게 아니라
자신을 정의하게 된다.

When you judge others, you do not define them, you
define yourself.

_ Earl Nightingale

기다리면 우리만 늙는다.

If you wait, all that happens is you get older.

_ Larry McMurtry

인생은 짧다. 자기 고통을 향해 웃을 수 있어야 한다.
아니면 절대 앞으로 나아갈 수 없다.

Life is short. You have to be able to laugh at our pain
or we never move on.

_ Jeff Ross

불행에 빠져서 단 일 분이라도 허비하지 마세요.
하나의 창문이 닫히면 그 옆 창문으로 달려가세요.
아니면 문이라도 부수세요.

Don't waste a minute not being happy. If one window closes, run to the next window—or break down a door.

_ Brooke Shields

'때문에' 사랑하는 게 아니라
'그럼에도' 사랑하는 것이다.
장점 때문이 아니라 단점이 있음에도
사랑하는 것이다.

You don't love because: you love despite; not for the
virtues, but despite the faults.

_ William Faulkner

나는 패션 일을 하지 않는다. 내가 패션이다.

I don't do fashion. I am fashion.

_ Coco Chanel

교수대로 가는 것 말고는 나쁜 여행은 없다.

There is no bad trip except for the one that goes to the gallows.

_ Miguel de Cervantes

당신이 무엇을 하고 있건 그 일을 하는 당신을 사랑
하세요. 당신이 무엇을 느끼건 그렇게 느끼는
당신을 사랑하세요.

Whatever you are doing, love yourself for doing it.
Whatever you are feeling, love yourself for feeling it.
_ Thaddeus Golas

아침에 일어나면 살아있다는 것 즉 숨 쉰다는 것, 생각한다는 것, 즐긴다는 것, 사랑하는 것이 얼마나 소중한 특권인지 생각해보라.

When you arise in the morning, think of what a precious privilege it is to be alive— to breathe, to think, to enjoy, to love.

_ Marcus Aurelius

우리 속에 고요함이 있고 안식처가 있다.
언제든 거기로 물러나서 나 자신이 될 수 있다.

Within you, there is a stillness and a sanctuary to which you can retreat at any time and be yourself.

_ Hermann Hesse

나는 믿는다. 모든 사람의 심장 박동 횟수는
제한되어 있다. 나는 심장 박동 하나라도 낭비하고
싶지 않다.

I believe every human has a finite number of
heartbeats. I don't intend to waste any of mine.

_ Neil Armstrong

우리는 다른 사람의 생을 판단할 수 없다. 사람들은
자신의 아픔과 단념밖에는 모르기 때문이다.

We can never judge the lives of others, because each
person knows only their own pain and renunciation.
_ Paulo Coelho

통과가 가장 좋은 탈출구이다.

The best way out is always through.

_ Robert Frost

가장 예쁜 미소가 가장 깊은 비밀을 숨긴다.

The prettiest smiles hide the deepest secrets.

_ Unknown

당신이 사랑하면 그것들은 아름다워진다.

·

Things are beautiful if you love them.

_ Jean Anouilh

슬프면 립스틱을 더 바르고 공격하라.

If you're sad, add more lipstick and attack.

_ Coco Chanel

나의 의견으로는 한 달에 한 번이라도 자신을
바보로 부를 수 있는 사람이 가장 현명한 사람이다.

The wisest of all, in my opinion, is he who can, if only
once a month, call himself a fool.

_ Fyodor Dostoevsky

나는 단점이 있지만 완벽하며 고통이 있지만
행복하며 약하지만 강하다.
그리고 나는 내 방식대로 아름답다.

I'm perfect in my imperfections, happy in my pain,
strong in my weaknesses and beautiful in my own
way.

_ Unknown

행복은 미래로 미루는 게 아니다.
행복은 현재를 위한 설계여야 한다.

Happiness is not something you postpone for the
future; it is something you design for the present.

_ Jim Rohn

운명이 당신에게 결박한 것들을 받아들여라.
또 운명이 당신에게 데려온 사람들을 사랑해라.
온 마음으로 다해서.

Accept the things to which fate binds you, and love the people with whom fate brings you together, but do so with all your heart.

_ Marcus Aurelius

비관주의자는 별의 비밀을 밝혀낸 적이 없으며
해도에 없는 땅을 발견하지 못했으며 인간 정신을
위한 새로운 문을 열지도 못했다.

No pessimist ever discovered the secret of the stars or
sailed an uncharted land, or opened a new doorway
for the human spirit.

_ Helen Keller

스트레스를 이기는 최고의 무기는 어떤 생각 대신
다른 생각을 선택하는 능력이다.

The greatest weapon against stress is our ability to
choose one thought over another.

_ William James

기억하세요.

오늘 당신이 만나는 이들은 뭔가를 두려워하고
뭔가를 사랑하며 뭔가를 이미
잃어버린 사람들입니다.

Remember that everyone you meet is afraid of
something, loves something and has lost something.

_ H. Jackson Brown Jr.

문제를 마주하고, 두려움을 부수고, 고통을 숨길 때

미소가 제일 좋은 방법이다.

Smiling is the best way to face every problem, to crush every fear, to hide every pain.

_ Will Smith

뛰어나게 아름다운 것은

모두 비율이 조금 이상하다.

There is no excellent beauty that hath not some

strangeness in the proportion.

_ Francis Bacon

삶이 즐겁지 않았다.

그래서 내 삶을 창조해버렸다.

My life didn't please me, so I created my life.

_ Coco Chanel

사람이 괴로운 건 신이 재미로 만든 걸
심각하게 여기기 때문이다.

Man suffers only because he takes seriously what the
Gods made for fun.

_ Alan Watts

당신 자신의 방식을 찾아라. 열린 정신을 가져라.

자신의 아름다움을 믿어라.

Find your own way, have an open spirit, and believe

in your own beauty.

_ Francois Nars

이 순간 행복하라. 이 순간이 당신의 삶이다.

Be happy for this moment. This moment is your life.

_ Omar Khayyam

다른 장애인들에게 조언을 한다면 말하고 싶다.
장애에 관계없이 잘할 수 있는 일에만 집중하고
장애 때문에 못하는 일은 안타까워 말아야 한다고.
육체적으로도 그렇지만 정신도 장애를 입어서는
안 된다.

My advice to other disabled people would be,
concentrate on things your disability doesn't prevent
you doing well, and don't regret the things it interferes
with. Don't be disabled in spirit, as well as physically.
_ Stephen Hawking

일을 할 수 있겠냐는 질문을 받으면 답하라.
"틀림없이 할 수 있습니다!"
그다음 바쁘게 일하면서 어떻게 해야 할지
방법을 알아내라.

When you are asked if you can do a job, tell 'em,
'Certainly I can!' Then get busy and find out how to
do it.

_ Theodore Roosevelt

스트레스를 다루는 나의 방법은 단순하다.

침착함을 유지하고 집중하는 것이다.

My key to dealing with stress is simple: just stay cool and stay focused.

_ Ashton Eaton

사람들은 당신을 적대하지 않는다.
자신을 위할 뿐이다.

Men are not against you, they are merely for themselves.

_ Gene Fowler

당신이 어떤 일을 수백 시간 연습하면
엄청난 향상을 볼 것이다. 거의 확실하다.

If you practice something for a few hundred hours,
you will almost certainly see great improvement.
_ K.Anders Ericsson

인생을 견딜 수 없다면
그것은 결코 환경 때문이 아니다. 의미와 목표가
없을 때 인생은 견딜 수 없는 것이 된다.

Life is never made unbearable by circumstances, but
only by lack of meaning and purpose.
_ Viktor Frankl

유혹을 없애버리는 유일한 방법은

유혹에 굴복하는 것이다.

The only way to get rid of temptation is to yield to it.

_ Oscar Wilde

여자가 머리를 자르면
인생을 이제 바꾸려는 것이다.

A woman who cuts her hair is about to change her
life.

_ Coco Chanel

자신의 길을 따라가며 살다 보면 새들이 당신에게
똥을 쌀 수도 있다. 성가셔하지 말고 털어내라.
내가 처한 상황을 희극적으로 보면 정신적 거리를
갖게 된다. 유머 감각이 당신을 구할 것이다.

As you proceed through life, following your own path, birds will shit on you. Don't bother to brush it off. Getting a comedic view of your situation gives you spiritual distance. Having a sense of humor saves you.

_ Joseph Campbell

아름답다는 것은 자신이 되는 것이다.
당신은 다른 사람들에게 받아들여질 필요가 없다.
당신이 당신 자신을 받아들여야 한다.

To be beautiful means to be yourself. You don't need
to be accepted by others. You need to accept yourself.
_ Bindi Irwin

통제할 수 없는 일을 걱정하지 말고

당신이 이룰 수 있는 것에 에너지를 쏟아라.

Instead of worrying about what you cannot control,

shift your energy to what you can create.

_ Roy Bennett

운명을 바꿀 수 없다면 당신의 태도를 바꿔라.

If you can't change your fate, change your attitude.

_ Charles Revson

비관주의자는 모든 기회에서 어려움을 보고
낙관주의자는 모든 어려움에서 기회를 본다.

A pessimist sees the difficulty in every opportunity; an
optimist sees the opportunity in every difficulty.
_ Winston Churchill

올바른 태도를 취하면 부정적인 스트레스를

긍정적으로 것으로 바꿀 수 있다.

Adopting the right attitude can convert a negative

stress into a positive one.

_ Hans Selye

길을 잃은 것 같고 미쳤다 싶으며

절망적이어도 좋은 삶에 속한다.

낙관주의와 확실성과 이성만큼 좋은 삶이다.

Feeling lost, crazy and desperate belongs to a good life

as much as optimism, certainty and reason.

_ Alain de Botton

성공하려면 태도가 능력만큼 중요하다.

For success, attitude is equally as important as ability.

_ Walter Scott

시간이 우정은 강화하면서 사랑은 약화시킨다.

Time, which strengthens friendship, weakens love.

_ Jean de La Bruyère

식사를 잘 못하면 생각을 잘 할 수 없고
사랑도 잘 할 수 없으며 잠을 잘 잘 수도 없다.

One cannot think well, love well, sleep well, if one has
not dined well.

_ Virginia Woolf

누군가 당신을 사랑하고 있다면 당신이 누구이고
어떻게 생겼는지 전혀 문제되지 않아요.

It doesn't matter who you are or what you look like,
so long as somebody loves you.
_ Roald Dahl

행복에 이르는 유일한 길이 있다.
의지의 힘이 미치지 않는 일들을
걱정하지 않는 것이다.

There is only one way to happiness and that is to cease worrying about things which are beyond the power of our will.

_ Epictetus

비판을 피하고 싶다면 아무것도 하지 말고
아무 말도 하지 말고 아무것도 아닌 존재로 살아라.

To avoid criticism, do nothing, say nothing, be nothing.

_ Elbert Hubbard

낙관주의는 행복의 자석이다.
당신이 긍정적이면 더 좋은 일과
좋은 사람들이 당신에게 끌릴 것이다.

Optimism is a happiness magnet. If you stay positive,
good things and good people will be drawn to you.

_ Mary Lou Retton

스트레스가 우리를 죽이는 게 아니다.
스트레스에 대한 우리의 반응 때문에
우리가 죽는다.

It's not stress that kills us, it is our reaction to it.

_ Hans Selye

괴물들과 싸우는 사람은

자신이 괴물이 되지 않도록 유의해야만 한다.

당신이 깊은 바다를 오래 응시하면

깊은 바다도 당신을 응시한다.

He who fights with monsters should look to it that he himself does not become a monster. And when you gaze long into an abyss the abyss also gazes into you.

_ Friedrich Nietzsche

비교가 없는 곳에 선망도 없다.

Where there is no comparison, no envy.

_ Francis Bacon

두려움에 직면할 때마다 우리는 행동을 통해서
강인함과 용기와 확신을 얻는다.

Each time we face our fear, we gain strength, courage,
and confidence in the doing.

_ Theodore Roosevelt

미래는 자기 꿈의 아름다움을

믿는 사람들의 것이다.

The future belongs to those who believe in the beauty
of their dreams.

_ Eleanor Roosevelt

누군가 "당신을 사랑해요."라고 나에게 말하면 나는 머리에 총이 겨눠진 느낌이 든다. 이런 상황에서 총을 쥔 사람이 원하는 것 말고 다른 대답을 할 수 있을까. "나도 당신을 사랑해요."

If somebody says, "I love you", to me, I feel as though I had a pistol pointed at my head. What can anybody reply under such conditions but that which the pistol-holder requires? "I love you, too".

_ Kurt Vonnegut

좋은 생각을 가진 사람은 절대 못생길 수가 없어요. 코가 휘었고 입이 비뚤어졌고 이중 턱에 이가 튀어 나왔어도 좋은 생각을 가졌다면 그 좋은 생각들이 얼굴에서 햇살처럼 빛날 테고 그러면 당신은 언제나 사랑스러워 보일 거예요.

A person who has good thoughts cannot ever be ugly. You can have a wonky nose and a crooked mouth and a double chin and stick-out teeth, but if you have good thoughts they will shine out of your face like sunbeams and you will always look lovely.

_ Roald Dahl

행복의 비밀은 세상이
끔찍하고 끔찍하고 끔찍하다는 사실을
직시하는 것이다.

The secret of happiness is to face the fact that the
world is horrible, horrible, horrible.

_ Bertrand Russell

과거에 사는 것은 우중충하고 외로운 일이다.
뒤돌아보면 목 근육을 피곤하게 만들고
자기 길을 가는 다른 사람과 부딪히게 된다.

Living the past is a dull and lonely business; looking back strains the neck muscles, causing you to bump into people not going your way.

_ Edna Ferber

행복하든 아니면 비참하든 인생은
사람이 가질 수 있는 유일한 축복이다.

Happy or miserable, life isthe only blessing which
man possesses.

_ Giacomo Casanova

성숙함은 모른다는 사실을 받아들이는 것이다.

Maturity has everything to do with the acceptance of 'not knowing'.

_ Mark Z. Danielewski

인생은 메아리다. 당신이 보낸 것이 돌아온다.
당신이 씨 뿌린 것을 당신이 수확한다.
당신이 준 것을 당신이 받게 된다.

Life is an echo. What you send out comes back. What
you sow, you reap. What you give, you get.
_ Zig Ziglar

기억하라. 당신이 허락하지 않으면 누구도 당신이
열등하게 느끼도록 만들 수 없다.

Remember no one can make you feel inferior without
your consent.
_ Eleanor Roosevelt

"너는 그릴 수 없어."라는 목소리가 내면에서 들리면
모든 수단을 다해서 그림을 그리세요.
그 목소리가 조용해질 겁니다.

If you hear a voice within you say "You cannot paint,"
then by all means paint and that voice will be silenced.

_ Vincent van Gogh

사람은 태도만 바꿔도 자신의 미래를 바꿀 수 있다.
그것이 시대를 통틀어 가장 위대한 발견이다.

The greatest discovery of all time is that a person can change his future by merely changing his attitude.

_ Oprah Winfrey

얼마만큼 사랑하는지 말할 수 있다면

아주 조금만 사랑한다는 뜻이다.

To be able to say how much you love is to love but little.

_ Petrarch

인내는 쓰지만 열매는 달다.

Patience is bitter, but its fruit is sweet.

_ Jean-Jacques Rousseau

기다리는 사람에게는 시간은 너무 느리다. 두려워하는 사람에게는 시간이 너무 빠르다. 슬퍼하는 사람에게는 시간이 너무 길고 기뻐하는 사람에게는 시간이 너무 짧다. 그리고 사랑하는 사람에게는 시간이 영원이다.

Time is too slow for those who wait, too swift for those who fear, too long for those who grieve, too short for those who rejoice, but fort hose who love, time is eternity.

_ Henry van Dyke

가장 큰 행복은 불행의 원인을 아는 것이다.

The greatest happiness is to know the source of unhappiness.

_ Unknown

인생을 이해하려면 뒤돌아봐야 하는데,
인생을 살려면 앞을 향해야만 한다.

Life can only be understood backwards; but it must
be lived forwards.

_ Søren Kierkegaard

행복하든 불행하든 인생은

그 사람이 소유할 수 있는 하나뿐인 보석이다.

Whether it is happy or unhappy, a man's life is the

only treasure he can ever possess.

_ Giacomo Casanova

절대적 기준만으로 생각하지 않는 사람이 성숙한 사람이다. 감정적으로 깊이 동요되어도 객관적일 수 있는 사람이 성숙한 사람이다. 모든 사람이나 모든 일에 좋은 면과 나쁜 면 모두가 있다는 걸 아는 사람이 성숙한 사람이다.

Amature person is one who does not think only in absolutes, who is able to be objective even when deeply stirred emotionally, who has learned that there is both good and bad in all people and all things.

_ Eleanor Roosevelt

모든 사람은 어떤 것을 두려워한다. 우리는 무언가가 소중하기 때문에 두려움을 갖는다. 사람들을 잃을까 두려워하는 건 그들을 사랑하기 때문이다. 죽음을 두려워하는 건 사는 게 소중하기 때문이다. 당신이 아무것도 두려워 않기를 바라지 마라. 그건 당신이 아무것도 느끼지 않는다는 뜻이다.

Everyone is afraid of something. We fear things because we value them. We fear losing people because we love them. We fear dying because we value being alive. Don't wish you didn't fear anything. All that would mean is that you didn't feel anything.

_ Cassandra Clare

꿈과 사랑 속에서는 불가능이란 게 없다.

In dreams and in love there are no impossibilities.

_ János Arany

인내심에 주는 상은 인내심이다.

The reward of patience is patience..

_ Augustine of Hippo

나는 살찐 아이가 케이크를 사랑하듯이

당신을 사랑해요.

I love you like a fat kid loves cake!

_ Scott Adams

자아는 만들어져 있는 게 아니다.
행위 선택을 통해서 끝없이 만들어가는
어떤 것이다.

The self is not something ready-made, but something
in continuous formation through choice of action.
_ John Dewey

못 견디게 불행할 때에만 나는 나 자신에 대한 참된
느낌을 갖게 된다.

I have the true feeling of myself only when I am
unbearably unhappy.

_ Franz Kafka

모든 걸 설명하는
단 하나의 크고 우주적인 의미란 없다.
우리가 각자의 인생에 부여하는 의미만 존재한다.

There is not one big cosmic meaning for all; there is
only the meaning we each give to our life.

_ Anaïs Nin

나를 이끌어주고 또 내가 모르게 나를 지배할 만큼 지적인 여성과 결혼했다면, 나는 돈 관리를 잘 받았을 것이고 자녀들을 가졌을 것이며 지금처럼 세상에서 외롭고 아무것도 없는 처지는 되지 않았을 것이다.

If I had married a woman intelligent enough to guide me, to rule me without my feeling that I was ruled, I should have taken good care of my money, I should have had children, and I should not be, as now I am, alone in the world and possessing nothing.

_ Giacomo Casanova

나는 나 자신이 좋다.
혼자일수록, 친구가 없을수록, 응원받지 못할수록,
나는 나 자신을 더욱 존중할 것이다.

I care for myself. The more solitary, the more friendless, the more unsustained I am, the more I will respect myself.

_ Charlotte Brontë

드디어 현실이 꿈보다 더 좋아져서 잠들 수 없다면
당신이 사랑에 빠졌다는 뜻이다.

You know you're in love when you can't fall asleep
because reality is finally better than your dreams.

_ Dr. Seuss

인내심은 천재성의 필수 요소다.

Patience is a necessary ingredient of genius.

_ Benjamin Disraeli

'음식에 대한 사랑만큼 진실한 사랑은 없다.

There is no sincerer love than the love of food.

_ George Bernard Shaw

타인에게 자신을 너무 많이 베풀지 마라.

자신을 잃을 수 있다.

Don't give so much of yourself to others that you end up losing yourself.

_ Unknown

그냥 조금만 행복해지세요.
불행은 더 행복해지고 싶을 때 시작되거든요.

Just try to be happy. Unhappiness starts with wanting
to be happier.

_ Sam Levenson

인생에는 의미가 없다.

의미는 우리들 각자에게 있다.

그리고 우리들이 인생에 의미를 부여한다.

Life has no meaning. Each of us has meaning and we bring it to life.

_ Joseph Campbell

시간은 약물이다. 너무 많으면 당신을 죽일 수 있다.

Time is a drug. Too much of it kills you.

_ Terry Pratchett

아무도 모방하지 않아야

독창적 작가가 되는 건 아니다.

아무도 그를 모방할 수 없는 작가가

독창적인 작가다.

An original writer is not one who imitates nobody but

one whom nobody can imitate.

_ François-René de Chateaubriand

스파게티를 먹으면 외롭지 않아요.
아주 집중을 해야 하거든요.

No man is lonely eating spaghetti; it requires so much attention.

_ Christopher Morley

우리는 절대적으로 그리고 시간 순으로 자라지 않는다. 우리는 가끔 한 면에서만 자라고 다른 면에서는 자라지 않는다. 고르지 않게 자라는 것이다. 또 우리는 부분적으로만 자란다. 우리는 상대적이다. 한 곳은 성숙한데 다른 곳은 어린애 같다. 과거 현재 미래는 뒤섞여서 우리를 뒤나 앞으로 잡아당기거나 또 현재 속에 고정시킨다. 우리는 여러 개의 층들, 여러 세포들, 여러 별자리들로 이루어져있다.

We do not grow absolutely, chronologically. We grow sometimes in one dimension, and not in another; unevenly. We grow partially. We are relative. We are mature in one realm, childish in another. The past, present, and future mingle and pull us backward, forward, or fix us in the present. We are made up of layers, cells, constellations.

_ Anaïs Nin

불운을 미리 믿는 것처럼
불쌍하고 바보 같은 것은 없다.
악이 오지도 않았는데 기다린다면
광기가 아니겠는가.

Nothing is so wretched or foolish as to anticipate
misfortunes. What madness is it to be expecting evil
before it comes.

_ Lucius Annaeus Seneca

20년 후 당신은 한 일보다는 하지 않은 일 때문에 실망하게 될 것이다. 항해를 시작하라. 안전한 항구로부터 떠나가자. 무역풍을 잡아 항해하라. 탐험하고 꿈꾸고 발견하라.

Twenty years from now you will be more disappointed by the things that you didn't do than by the ones you did do. So throw off the bowlines. Sail away from the safe harbor. Catch the trade winds in your sails. Explore. Dream. Discover.

_ H. Jackson Brown Jr.

사랑은 타인을 위해 자기를 파멸시키겠다는 의지다.

Being in love means being willing to ruin yourself for
the other person.

_ Susan Sontag

우리의 인내심이 힘보다 더 많은 이룰 것이다.

Our patience will achieve more than our force.

_ Edmund Burke

당신은 아무도 보지 않는 듯 춤을 춰야 한다. 결코 상처받지 않을 것처럼 사랑해야 한다. 듣는 사람이 없는 것처럼 노래하고 여기가 천국인 듯 살아야 한다.

You've gotta dancelike there's nobody watching, Love like you'll never be hurt, Sing like there's nobody listening, And live like it's heaven on earth.

_ William W. Purkey

다른 사람이 원하는 모습이 되려고
시간을 낭비할수록 자신을 더 많이 잃게 된다.

The more time you waste trying to be what others
want you to be, the more you lose yourself.
_ Unknown

사람은 자신이 행복하다는 걸 모르기 때문에
불행하다.

Man is unhappy because he doesn’t know he’s happy.
_ Fyodor Dostoyevsky

행복을 이루는 게 무엇인지 계속 찾으면 결코
행복할 수 없다. 인생의 의미를 찾고 있다면
인생을 살 수 없다.

You will never be happy if you continue to search for
what happiness consists of. You will never live if you
are looking for the meaning of life.

_ Albert Camus

위대한 것을 성취하려면 두 가지가 필요하다.
계획과 충분하지 않은 시간이 그것이다.

To achieve great things, two things are needed: a plan
and not quite enough time.

_ Leonard Bernstein

독창성은 들키지 않은 표절이다.

Originality is undetected plagiarism.

_ William Inge

모두들 남자 친구나 여자 친구가 있지만
나는 음식을 사랑하는 내가 좋아.

Everybody has a boyfriend or a girlfriend, and I'm just
like I love food.

_ Unknown

열정은 에너지입니다.

신나는 것에 집중할 때 나오는 그 힘을 느껴보세요.

Passion is energy. Feel the power that comes from focusing on what excites you.

_ Oprah Winfrey

당신이 할 수 있다고 믿어라.
그러면 당신은 절반을 이룬 것이나 다름없다.

Believe you can and you're halfway there.
_ Theodore Roosevelt

당신은 1년 후 오늘 시작하지 않은 걸
안타까워할 것이다.

A year from now you will wish you had started today.

_ Karen Lamb

가장 아픈 일은 누군가를 지나치게 사랑해서

자신을 잃어버리고,

자신도 특별하다는 사실을 잊는 것이다.

The most painful thing is losing yourself in the
process of loving someone too much, and forgetting
that you are special too.

_ Ernest Hemingway

인내심이 없는 건 성공의 가장 큰 장애물이다.
모든 것을 성급하게 다루는 사람은
아무것도 얻지 못하거나 얻는다 해도
익지 않을 풋과일이 전부다.

Impatience is a great obstacle to success; he who treats
everything with brusqueness gathers nothing, or only
immature fruit which will never ripen.

_ Napoléon Bonaparte

행복해지려면 타인을 너무 신경 쓰지 말아야 한다.

To be happy we must not be too concerned with others.

_ Albert Camus

자아를 잃는 것이 가장 위험한 일이다. 그런데 자아 상실은 아무것도 아닌 듯이 세상에서 조용히 일어날 수 있다. 다른 모든 상실은 조용히 일어날 수 없다. 팔 하나, 다리 하나, 5달러, 아내 등을 잃는 걸 모를 수는 없는 것이다.

The greatest hazard of all, losing one's self, can occur very quietly in the world, as if it were nothing at all. No other loss can occur so quietly; any other loss—an arm, a leg, five dollars, a wife, etc.—is sure to be noticed.

_ Søren Kierkegaard

이 세상에서 가장 불행한 사람은
타인의 생각을 너무 신경 쓰는 사람이다.

The unhappiest people in this world, are those who care the most about what other people think.

_ C. JoyBell C.

무엇보다 자신에게 거짓말을 하지 마라. 자기에게 거짓말을 하고 그것에 귀를 기울이면 자기 내면의 진실 그리고 주변에 있는 진실을 식별하지 못하고 그 결과 자기와 다른 사람들에 대한 존중을 모조리 잃는 지경에 이르게 된다. 존중을 잃으면 더 이상 사랑도 못하게 된다.

Above all, don't lie to yourself. The man who lies to himself and listens to his own lie comes to a point that he cannot distinguish the truth within him, or around him, and so loses all respect for himself and for others. And having no respect he ceases to love.

_ Fyodor Dostoevsky

실수는 인간 존재의 일부분이다.
있는 그대로 당신의 실수에게 감사하라.

Mistakes are a part of being human. Appreciate your mistakes for what they are.

_ Al Franken

독창성이란 적절한 모방일 뿐이다.

Originality is nothing but judicious imitation.

_ Voltaire

나는 '외로움'이라는 단어를 정말 이해할 수 없었다.
나로서는 하늘과 바다
그리고 자연과 함께 뜨거운 파티를 즐기고 있었다.

I never really understood the word 'loneliness'. As far as I was concerned, I was in anorgy with the sky and the ocean, and with nature.

_ Bjork

이 세상의 위대한 것 중에서

열정 없이 이루어진 것은 없다.

Nothing great in the world was accomplished

without passion.

_ Friedrich Hegel

가장 어려운 것은 행동하기로 결심하는 것이다. 나머지는 단지 끈기의 문제다. 두려움은 종이 호랑이다. 하기로 결심하면 당신은 무엇이든지 할 수 있다.

The most difficult thing is the decision to act. The rest is merely tenacity. The fears are paper tigers. You can do anything you decide to do.

_ Amelia Earhart

사는 데 불필요한 물건이 많을수록 그는 부자다.

A man is rich in proportion to the number of things
which he can afford to let alone.

_ Henry David Thoreau

내일 죽을 것처럼 살아라.
영원히 살 것처럼 배워라.

Live as if you were to die tomorrow. Learn as if you were to live forever.

_ Mahatma Gandhi

타인의 눈은 우리의 감옥이다.

타인의 생각은 우리를 가두는 새장이다.

The eyes of others our prisons; their thoughts our cages.

_ Virginia Woolf

대부분의 사람은 진심으로 자유를 원하지는 않는다.
자유는 책임을 포함하는 것이며
대부분의 사람은 책임을 무서워하기 때문이다.

Most people do not really want freedom, because
freedom involves responsibility, and most people are
frightened of responsibility.

_ Sigmund Freud

자아도취와 자기기만은 생존 메커니즘이다. 그게 없다면 많은 사람들이 다리에서 뛰어내릴 수도 있다.

Narcissism and self-deception are survival mechanisms without which many of us might just jump off a bridge.

_ Todd Solondz

사람은 잠잘 때만 실수하지 않는다. 실수는 활동적인 사람들 즉 실수를 고치고 바로잡는 사람들의 특권이다.

Only while sleeping one makes no mistakes. Making mistakes is the privilege of the active. — of those who can correct their mistakes and put them right.

_ Ingvar Kamprad

아무것도 비밀스럽게 하지 마라.

시간이 모든 것을 보고 듣고 폭로할 것이기 때문이다.

Do nothing secretly; for time sees and hears all things,
and discloses all.

_ Sophocles

당신 자신에 대한 진실을 말하지 않는다면,
다른 사람에 대한 진실도 말할 수 없다.

If you do not tell the truth about yourself you cannot
tell it about other people.

_ Virginia Woolf

우리는 고통을 최대한으로 겪은 후에

고통에서 치유될 수 있다.

We are healed of a suffering only by experiencing it to the full.

_ Marcel Proust

나는 욕망을 채우려 하지 않고

욕망을 제한함으로써 행복 찾는 법을 배웠다.

I have learned to seek my happiness by limiting my desires, rather than in attempting to satisfy them.

_ John Stuart Mill

지금 이 순간 최선을 다하면

다음 순간 최고의 자리에 있게 된다.

Doing the best at this moment puts you in the best place for the next moment.

_ Oprah Winfrey

나는 내 작품을 통해 불멸을 얻고 싶지 않다. 살아서 불멸했으면 좋겠다. 나는 국민들 마음에 살기를 원치 않는다. 나는 내 아파트에 살고 싶다.

I don't want to achieve immortality through my work; I want to achieve immortality through not dying. I don't want to live on in the hearts of my countrymen; I want to live on in my apartment.

_ Woody Allen

행복의 비밀은 자유다.
그리고 자유의 비밀은 용기이다.

The secret to happiness is freedom.
And the secret to freedom is courage.
_ Thucydides

인생의 10%는 나에게 일어나는 사건이며 90%는
내가 반응하는 방식이다.

Life is 10% what happens to me and 90%
of how I react to it.
_ Charles R. Swindoll

자신을 속이지 않는 것이 가장 어렵다.

Nothing is so difficult as not deceiving oneself.

_ Ludwig Wittgenstein

이 세상의 최고이고 가장 아름다운 것들은 보거나
만질 수 없어요. 마음으로 느껴야만 해요.

The best and most beautiful things in the world
cannot be seen or even touched. They must be felt
with the heart.

_ Helen Keller

장미 한 송이가 나의 정원이 될 수 있다.
친구 단 한 명이 나의 세계가 될 수 있다.

A single rose can be my garden… a single friend, my world.

_ Leo Buscaglia

이것이 무엇보다 중요하다.
너 자신에게 진실되어야 한다.

This above all: to thine own self be true.

_ William Shakespeare

약한 마음은 긁힌 자국 하나하나를

치명적 상처로 오해한다.

A timid mind is apt to mistake

every scratch for a mortal wound.

_ George Gordon Byron

인류의 가장 위대한 축복은 우리 안에 그리고 우리 손이 닿는 곳에 있다. 현명한 사람은 갖지 않은 것을 바라지 않고 무엇이 되었건 자신의 운에 만족한다.

The greatest blessings of mankind are within us and within our reach. A wise man is content with his lot, whatever it may be, without wishing for what he has not.

_ Lucius Annaeus Seneca

성공적 결혼은 같은 사람과
여러 번 사랑에 빠져야 가능하다.

A successful marriage requires falling in love many
times, always with the same person.
_ Mignon McLaughlin

나는 일찍 훈련을 시작하고 늦게까지 남았다.
매일매일 그랬다. 한 해 두 해가 가도록 그랬다.
나의 벼락 성공은 17년과 114일이 걸렸다.

I start early and I stay late, day after day, year after year, it took me 17 years and 114 days to become an overnight success.

_ Lionel Messi

인생 최고의 것들은 가장 가까이에 있어요. 콧속의 숨, 눈 안의 빛, 발끝의 꽃들, 손으로 할 일들, 내 바로 앞의 작은 길이 그렇습니다. 그러니 별을 붙잡으려고 하지 마세요. 대신 인생의 평범하고 흔한 일들을 그때그때 하세요. 그리고 매일 할 일과 매일의 빵이 인생에서 가장 달콤하다는 걸 분명히 알아야 합니다.

The best things in life are nearest: Breath in your nostrils, light in your eyes, flowers at your feet, duties at your hand, the path of right just before you. Then do not grasp at the stars, but do life's plain, common work as it comes, certain that daily duties and daily bread are the sweetest things in life.

_ Robert Louis Stevenson

두려움을 극복한 사람은 진실로 자유로울 것이다.

He who has overcome his fears will truly be free.

_ Aristotle

당신이 무엇을 가졌고 당신이 누구이며 당신이 어디에 있고 당신이 무엇을 하는지가 행복과 불행을 결정하지 않는다. 당신이 어떻게 생각하는지가 행불행을 결정한다.

It isn't what you have or who you are or where you are or what you are doing that makes you happy or unhappy. It is what you think about it.

_ Dale Carnegie

청춘의 샘이 존재한다. 당신이 인생에 불어넣는 마음과 재능과 창의성이 청춘의 샘이다. 당신이 사랑하는 사람들의 삶도 역시 청춘의 샘이다. 이런 원천을 이용하는 방법을 배운다면 당신은 진정으로 나이를 이겨낸 것이다.

There is a fountain of youth: it is your mind, your talents, the creativity you bring to your life and the lives of people you love. When you learn to tap this source, you will truly have defeated age.

_ Sophia Loren

당신이 믿지 않는데도 사라지지 않으면

그것이 현실이다.

Reality is that which, when you stop believing in it,

doesn't go away.

_ Philip K. Dick

모든 사람의 친구는 누구의 친구도 아니다.

A friend to all is a friend to none.

_ Aristotle

관계가 끝날 걱정 없이 진짜 감정을
교류할 수 있어야 건강한 친구 관계다.

A healthy friendship is onewhere you share your true
feelings without fearing the end of the relationship.
_ Rachel Simmons

우리의 상처는 우리의 최고이며 가장 아름다운
부분으로 가는 입구일 때가 많다.

Our wounds are often the openings into the best and
most beautiful part of us.

_ David Richo

행복의 비밀은 더 많이 추구하는 데서 찾을 수 없다.
대신 더 적게 향유하는 능력을 기르면
행복의 비밀을 찾게 된다.

The secret of happiness, you see, is not found in seeking more, but in developing the capacity to enjoy less.

_ Socrates

진정한 친구를 찾아낸 사람은 행복하고 아내에게서
진정한 친구를 찾아낸 사람은 훨씬 더 행복하다.

Happy is the man who finds a true friend, and far
happier is he who finds that true friend in his wife.

_ Franz Schubert

천재성이란 끝없는 인내심이다.

Genius is eternal patience.

_ Michelangelo

꽃잎 하나의 기적을 또렷이 볼 수 있다면
인생 전체가 바뀔 것이다.

If we could see the miracle of a single flower clearly,
our whole life would change.
_ Buddha

최고 좋은 것은 좋은 것의 적이다.

The best is the enemy of good.

_ Voltaire

사람은 행복하기로 선택하는 한 행복하다.

A man is happy so long as he chooses to be happy.

_ Aleksandr Solzhenitsyn

사람들이 늙기 때문에 꿈꾸기를 멈추는 게 아니다.
꿈꾸기를 멈추기 때문에 늙는다.

It is not true that people stop pursuing dreams
because they grow old, they grow old because they
stop pursuing dreams.

_ Gabriel Garcia Marquez

정중함은 품위의 신호이지 복종의 신호가 아니다.

Politeness is a sign of dignity, not subservience.

_ Theodore Roosevelt

여섯 살 아이에게 설명할 수 없다면

당신은 모르는 거다.

If you can't explain it to a six year old,you don't

understand it yourself.

_ Albert Einstein

함께 불행한 것보다 혼자 불행한 것이 훨씬 낫다.

It's far better to be unhappy alone than unhappy with someone.

_ Marilyn Monroe

진짜 느낌을 숨기고 모든 사람을 행복하게 만들려고
애쓴다고 해서 당신이 좋은 사람이 되는 건 아니다.
당신은 거짓말쟁이가 될 뿐이다.

Hiding how you really feel and trying to make
everyone happy doesn't make you nice, it just makes
you a liar.

_ Jenny O'Connell

상처가 지혜가 되게 하라.

Turn your wounds into wisdom.

_ Oprah Winfrey

가난은 공포감과 스트레스를 일으키고 때로는 우울증도 낳는다. 가난은 수천 개의 작은 굴욕과 고난을 뜻한다. 자신의 노력으로 가난에서 벗어나는 것은 자랑스럽고 대단한 일이다. 바보들만이 가난을 낭만적으로 미화한다.

Poverty entails fear, and stress, and sometimes depression; it means a thousand petty humiliations and hardships. Climbing out of poverty by your own efforts, that is indeed something on which to pride yourself, but poverty itself is romanticised only by fools.

_ J.K.Rowling

외로움을 무서워한다면 결혼하지 마세요.

If you are afraid of loneliness, do not marry.

_ Anton Chekhov

하나의 생각을 택하세요. 그 생각이 당신의 인생이 되도록 만드세요. 그것에 대해 숙고하고 그것을 꿈꾸며 그 생각만 하면서 사는 겁니다. 뇌, 근육, 신경 등 몸의 모든 부분들이 그 생각으로 가득 차게 하고 다른 모든 생각들은 버리세요. 이것이 성공의 길입니다.

Take up one idea. Make that one idea your life — think of it, dream of it, live on that idea. Let the brain, muscles, nerves, every part of your body, be full of that idea, and just leave every other idea alone. This is the way to success.

_ Swami Vivekananda

나에게 낮과 밤의 모든 시간은 말할 수 없이
완벽한 기적이다.

To me every hour of the day and night is an
unspeakably perfect miracle.
_ Walt Whitman

채울 수 없는 게 욕망의 본성인데 대부분 사람은

오직 욕망을 만족시키기 위해 산다.

It is of the nature of desire not to be satisfied, and

most men live only for the gratification of it.

_ Aristotle

태도는 작은 것이지만 큰 차이를 만든다.

Attitude is a little thing that makes a big difference.

_ Winston Churchill

젊은이는 아름다움을 보는 능력이 있어 행복하다.
아름다움을 보는 능력을 유지하면
누구나 늙지 않는다.

Youth is happy because it has the capacity to see beauty. Anyone who keeps the ability to see beauty never grows old.

_ Franz Kafka

무례함은 약한 사람이 강한 척 흉내 내는 것이다.

Rudeness is the weak man's imitation of strength.

_ Eric Hoffer

진정한 군인은 앞에 있는 사람들을
증오해서가 아니라 뒤에 있는 사람들을
사랑하기 때문에 싸운다.

The true soldier fights not because he hates what is in front of him, but because he loves what is behind him.

_ G.K. Chesterton

불편한 사람과 있는 것보다 혼자 있는 게 낫다.

It is better to be alone, than to be in bad company

_ George Washington

어쨌든 산다는 건 상처를 받는 일이다.

To be alive at all is to have scars.

_ John Steinbeck

사랑은 모든 것을 극복한다. 가난과 치통만 빼고.

Love conquers all things except poverty and toothache.

_ Mae West

질투심은 버림받을지 모른다는 공포감에 불과하다.

Jealousy is nothing more than a fear of abandonment.

_ Arabic proverbs

나는 강한 여자가 남자보다 더 강할 수 있다고 믿는다. 특히 여자가 사랑을 가슴에 품었다면 그렇다. 사랑을 하는 여성은 부술 수 없다고 나는 생각한다.

I believe a strong woman may be stronger than a man, particularly if she happens to have love in her heart. I guess a loving woman is indestructible.

_ John Steinbeck

매일 기적 같은 일들이 일어난다.
기적에 대한 정의를 바꾸면 당신 주위 사방팔방에서
일어나는 기적들이 보일 것이다.

Miracles happen everyday, change your perception of
what a miracle is and you'll see them all around you.
_ Jon Bon Jovi

희망도 바람도 아니다. 욕망이 모든 성취의 시작점이다. 그런데 그 욕망은 간절히 고동쳐서 모든 것을 초월하는 것이어야 한다.

Desire is the starting point of all achievement, not a hope, not a wish, but a keen pulsating desire which transcends everything.

_ Napoleon Hill

가끔 불행하지 않으면 행복할 수 없어요.

You can't be happy unless you're unhappy sometimes.

_ Lauren Oliver

진리와 아름다움을 추구하면 그 영향권 내에서는
우리가 평생 어린아이로 머물 수 있다.

The pursuit of truth and beauty is a sphere of activity in which we are permitted to remain children all our lives.

_ Albert Einstein

행복이 좋은 매너를 가르치는

최고의 교사라는 건 분명하다.

행복하지 않은 사람들이 품행이 무례하다.

Happiness is surely the best teacher of good manners:

only the unhappy are churlish in deportment.

_ Christopher Morley

약한 사람은 용서할 능력이 없다.
용서는 강한 사람의 속성이다.

The weak can never forgive. Forgiveness is the
attribute of the strong.

_ Mahatma Gandhi

하지만 나에게 웃음과 눈물이 같은 거예요.
둘은 어떤 감정에 국한되지 않아요.
나는 행복할 때 자주 울고 슬플 때 웃기도 해요.

But smiles and tears are so alike with me–they are neither of them confined to any particular feelings: I often cry when I am happy, and smile when I am sad.

_ Anne Bronte

절대 희망을 잃지 마세요.
폭풍은 사람을 강하게 만들며
영원히 지속되지는 않으니까요.

Never lose hope. Storms make people stronger and
never last forever.

_ Roy T. Bennett

가난은 내가 짓지도 않은

범죄 때문에 받는 처벌이다.

Poverty is like punishment for a crime you didn't commit.

_ Eli Khamarov

연애에서 질투는 음식의 소금과 비슷하다.
작은 양이면 맛을 더하지만 너무 많으면 즐거움을
해치고 또 어떤 환경에서는 치명적일 수 있다.

Jealousy in romance is like salt in food. A little
can enhance the savor, but too much can spoil the
pleasure and, under certain circumstances, can be life-
threatening.

_ Maya Angelou

나의 과거가 나를 정의하지 않으며 나를 파괴하지
않았고 나를 막지도 못했고 나를 패배시키지도
못했다. 과거는 나를 강화시켰을 뿐이다.

My past has not defined me, destroyed me, deterred
me, or defeated me; it has only strengthened me.
_ Steve Maraboli

좋은 친구들, 좋은 책 그리고 느슨한 양심.
그것만 있다면 이상적 인생이다.

Good friends, good books, and a sleepy conscience:
this is the ideal life.

_ Mark Twain

다른 사람의 자기 존중감을 훼손하는 것은

죄악이다.

To undermine a man's self-respect is a sin.

_ Antoine de Saint-Exupéry

인생의 끝에 이르면 시험을 하나 더 합격 못한 걸 후회 안 할 겁니다. 재판을 하나 더 이기지 못했다거나 계약을 하나 더 체결 못했다고 후회하지도 않을 겁니다. 대신 남편, 자녀, 친구, 부모와 함께 하지 않은 시간을 후회할 것입니다.

At the end of your life you will never regret not having passed one more test, winning one more verdict or not closing one more deal. You will regret time not spent with a husband, a child, a friend or a parent.

_ Barbara Bush

집중은 배제의 한 형식이다.

Concentration is a form of exclusion.

_ Bruce Lee

이기심은 언제나 반드시 용서해야 한다.

치유 가능성이 전혀 없기 때문이다.

Selfishness must always be forgiven, you know,

because there is no hope for a cure.

_ Jane Austen

눈물은 두려움을 씻어내고 증오를 식혀준다.

That's what tears are for, you know, to wash away the fear and cool the hate.

_ Laurie R. King

당신은 아마 많은 패배를 만날 겁니다. 그러나 패배해서는 절대 안 됩니다. 사실 패배를 만나는 게 필요합니다. 그래야 내가 누구인지, 내가 무엇을 딛고 솟아오를 수 있는지 알 수 있습니다.

You may encounter many defeats, but you must not be defeated. In fact, it may be necessary to encounter the defeats, so you can know who you are, what you can rise from.

_ Maya Angelou

챔피언은 체육관에서 만들어지지 않는다. 챔피언을 만드는 것은 내면 깊은 곳에 있는 욕망, 꿈, 비전이다. 챔피언은 최후까지 지구력을 유지해야 하고 좀 더 빨라야 하고 기술과 의지가 있어야 한다. 그런데 반드시 의지가 기술보다 더 강해야만 한다.

Champions aren't made in gyms, champions are made from something they have deep inside them—a desire, a dream, a vision. They have to have last-minute stamina, they have to be a little faster, they have to have the skill and the will. But the will must be stronger than the skill.

_ Muhammad Ali

질투는 의심을 먹고 자라서 분노로 변한다.

Jealousy feeds upon suspicion, and it turns into fury.

_ François de La Rochefoucauld

인생에서 도전 받는 건 필연이다.

하지만 패배는 옵션이다.

Being challenged in life is inevitable, being defeated is optional.

_ Roger Crawford

타인의 존중을 받고 싶다면
자기 존중이 가장 중요하다. 오직 그래야만,
꼭 자신을 존중해야만 타인이 나를 존중하게
만들 수 있다.

If you want to be respected by others, the great thing
is to respect yourself. Only by that, only by self-
respect will you compel others to respect you.
_ Fyodor Dostoyevsky

슬픈 영혼이 병원균보다 훨씬 빠르게

당신을 죽일 수 있다.

A sad soul can kill you quicker, far quicker, than a germ.

_ John Steinbeck

원했던 모습 그대로의 딸을 가졌던 아버지는 지금까지 전혀 없었다. 그건 아버지들이 딸에 대한 개념을 꾸며내고 그 개념에 순응하도록 강요했기 때문이다.

Fathers never have exactly the daughters they want because they invent a notion of them that the daughters have to conform to.

_ Simone de Beauvoir

아이들은 당신이 가르치려던 것은 기억 못한다.
대신 당신이 어떤 사람인지 기억한다.

(Kids) don't remember what you try to teach them.
They remember what you are.
_ Jim Henson

확신과 허기가 결합하면 집중력이 생긴다.

Concentration comes out of a combination of
confidence and hunger.

_ Arnold Palmer

적을 사랑하라. 적이 당신의 결점을 말해준다.

Love your enemies, for they tell you your faults.

_ Benjamin Franklin

그때가 기억난다. 마스카라 섞인 눈물이
피아노 건반에 흥건한 걸 봤다. 나는 생각했다.
"슬퍼해도 괜찮아."
나는 내 어둠을 사랑하도록 훈련되었다.

I remember watching the mascara tears flood the
ivories and I thought, "It's OK to be sad." I've been
trained to love my darkness.

_ Lady Gaga

겨울 한복판에서 나는 알게 되었다. 무적의 여름이 바로 내 속에 있었다. 행복했다. 이 세상이 아무리 나를 세게 밀쳐도 내 속에 더 강하고 더 우월한 것이 있어 되밀어낸다는 뜻이다.

In the midst of winter, I found there was, within me, an invincible summer. And that makes me happy. For it says that no matter how hard the world pushes against me, within me, there's something stronger—something better, pushing right back.

_ Albert Camus

질투는 항상 사랑과 함께 태어나지만 사랑과 함께
반드시 죽지는 않는다.

Jealousy is always born with love, but does not always
die with it.

_ François de La Rochefoucauld

기억하라. 용기를 잃지 않으면
진정으로 패배하지는 않는다.

Remember no man is really defeated unless he is
discouraged.

_ Bruce Lee

인생은 양파 같다. 한 번에 한 겹씩 벗겨야 한다.
그리고 가끔 눈물이 난다.

Life is like an onion: You peel it off one layer at a
time, and sometimes you weep.

_ Carl Sandburg

자신을 너무 희생하지 마라.

너무 희생하면 더 줄 게 안 남게 되고

누구도 당신을 좋아하지 않을 것이다.

Don't sacrifice yourself too much, because if you sacrifice too much there's nothing else you can give and nobody will care for you.

_ Karl Lagerfeld

탈난 마음에서는, 탈난 몸에서도 그런 것처럼,
건강의 견실함은 불가능하다.

In a disordered mind, as in a disordered body,
soundness of health is impossible.
_ Cicero

가장 좋은 선물은 백화점이 아니라 마음에서 온다.

The best gifts come from the heart, not the store.

_ Sarah Dessen

한 사람에게는 미친 생각이
다른 사람에게는 현실이다.

One person's craziness is another person's reality.

_ Tim Burton

걱정거리들을 돌아볼 때면 한 노인의 이야기가 생각난다. 노인은 죽음을 앞두고 말했다. 평생 많은 근심거리가 있었는데 대부분 일어나지 않았다고.

When I look back on all these worries, I remember the story of the old man who said on his deathbed that he had had a lot of trouble in his life, most of which had never happened.

_ Winston S. Churchill

나를 죽이지 않는 것은 나를 더 강하게 만든다.

What does not kill me makes me stronger.

_ Friedrich Nietzsche

(질투는) 상처 입은 연인의 지옥

the injured lover's hell

_ John Milton

그러나 사람은 패배를 위해 만들어지지 않았어.
사람은 파괴될 수는 있지만 패배할 수는 없는 거야.

But man is not made for defeat. A man can be
destroyed but not defeated.

_ Ernest Hemingway

여성들이 자신의 가장 좋은 친구가 될 때

인생이 쉬워진다.

When a woman becomes her own best friend life is easier.

_ Diane Von Furstenberg

고요한 마음은 내적인 힘과 자기 확신을 가져온다.
고요한 마음은 좋은 건강을 위해서도
아주 중요하다.

Calm mind brings inner strength and self-confidence,
so that's very important for good health.
_ Dalai Lama

당신의 기대를 만족시키기 위해 내가 이 세상에
있는 게 아니다. 당신도 나의 기대를 채우기 위해
세상에 있는 건 아니다.

I'm not in this world to live up to your expectations
and you're not in this world to live up to mine.

_ Bruce Lee

나는 알게 되었다. 사람들은 당신이 한 말은 잊는다.
당신이 한 행동도 잊어버린다. 하지만 당신 때문에
느낀 감정은 결코 잊지 않는다.

I've learned that people will forget what you said,
people will forget what you did, but people will never
forget how you made them feel.

_ Maya Angelou

명백한 사실만큼 속기 쉬운 것이 없다.

There is nothing more deceptive than an obvious fact.

_ From 『Sherlock Holmes』

의심스러운 친구가 확실한 적보다 더 나쁘다.

A doubtful friend is worse than a certain enemy.

_ Aesop

걱정은 내일의 슬픔을 없애지 못한다.

오늘의 즐거움만 없앨 뿐이다.

Worry never robs tomorrow of its sorrow. It only saps today of its joy.

_ Leo Buscaglia

우리의 가장 큰 약점은 포기에 있다.
성공에 이르는 가장 확실한 길은
한 번 더 시도하는 것이다.

Our greatest weakness lies in giving up. The most certain way to succeed is always to try just one more time.

_ Thomas Edison

실패가 필연인 걸 모르는 사람이 대부분 성공한다.

Success is most often achieved by those who don't
know that failure is inevitable.

_ Coco Chanel

질투심에게 웃음만큼 끔찍한 것은 없다.

To jealousy, nothing is more frightful than laughter.

_ Françoise Sagan

강한 마음은 불평하지 않고 견디며
약한 마음은 견디지 않고 불평한다.

Strong minds suffer without complaining; weak
minds complain without suffering.
_ Lettie Cowman

꾸민 모습으로 사랑받는 것보다는 진짜 모습으로
미움 받는 게 낫다.

It is better to be hated for what you are than to be
loved for what you are not.

_ André Gide

제비 한 마리와 날씨 좋은 하루가
봄을 만들지 않듯이, 한 사람을 축복받고 행복하게
만드는 것은 하루나 짧은 시간이 아니다.

As it is not one swallow or a fine day that makes a
spring, so it is not one day or a short time that makes
a man blessed and happy.

_ Aristotle

기대를 낮게 유지할수록
인생이 굉장히 편해지는 것 같다.

I find my life is a lot easier the lower I keep my
expectations.
_ From『Calvin and Hobbes』

친구를 얻는 유일한 방법은 친구가 되는 것이다.

The only way to have a friends to be one.

_ Ralph Waldo Emerson

사실은 존재하지 않는다.

해석만이 있다.

There are no facts, only interpretations.

_ Friedrich Nietzsche

최악의 적이 최고의 친구일 수 있다.
그리고 최고의 친구가 최악의 적일 수도 있다.

Your worst enemy could be your best friend, and your best friend your worst enemy.

_ Bob Marley

인생은 비참함과 외로움과 괴로움으로 가득하다.
그런데 이 모든 것이 너무 빨리 끝나버린다.

Life is full of misery, loneliness, and suffering-and it's
all overmuch too soon.

_ Woody Allen

바르게 중단한다면 그것은 포기가 아니다.

더 나은 것을 위해 공간을 마련하는 일이다.

When quitting is done correctly, it isn't giving up-it's making room for something better.

_ Adam Kirk Smith

젊은이들은 아는 게 충분하지 않아 조심스럽게
굴지 않는다. 그래서 그들은 불가능을 시도하고 또
성취한다. 모든 세대 동안 그랬다.

The young do not know enough to be prudent,
and so they attempt the impossible, and achieve it,
generation after generation.

_ Pearl Buck

인생에서 강한 남자들은 인내심의 뜻을 이해하는
사람들이다.

The strong manly ones in life are those who
understand the meaning of the word patience.

_ Tokugawa Ieyasu

내가 고양이와 놀 때 나보다는 고양이가
나를 데리고 놀면서 더 즐거워하는 건 아닌지
아무도 알 수 없다.

When I play with my cat, who knows whether she
isn't amusing herself with me more than I am amusing
myself with her?

_ Michel de Montaigne

거울을 보면서 얼굴에서 수백만 개의 문제를 찾아낼 수도 있다. 아니면 거울을 보면서 이렇게 생각할 수도 있다. "기분 좋아. 나는 건강해. 나는 정말 축복받았어." 나는 그렇게 거울을 보기로 결정했다.

You can look in the mirror and find a million things wrong with yourself. Or you can look in the mirror and think, 'I feel good, I have my health, and I'm so blessed.' That's the way I choose to look at it.

_ Isla Fisher

잃을 수 있는 것에 행복을 걸지 마라.

Don't let your happiness depend on something you may lose.

_ C. S. Lewis

나의 기대는 21살 때 0으로 줄어들었다.

그 후 지금까지 모든 것이 보너스였다.

My expectations were reduced to zero when I was 21.

Everything since then has been a bonus.

_ Stephen Hawking

친구는 우리가 가질 수 있는 가장 멋진 것이며,
우리가 될 수 있는 가장 좋은 것이다.

A friend is one of the nicest things you can have, and
one of the best things you can be.

_ Douglas Pagels

함께 있는 것만으로도 충분할 때가 많아요. 터치를 할 필요도 없고 이야기도 필요 없어요. 둘 사이에 어떤 감정이 흘러요. 혼자가 아닌 걸 느끼게 되는 거죠.

It's often just enough to be with someone. I don't need to touch them. Not even talk. A feeling passes between you both. You're not alone.

_ Marilyn Monroe

적만이 진실을 말한다. 친구와 연인은 의무감이라는
거미줄에 걸려 끝없이 거짓말한다.

Only enemies speak the truth; friends and lovers lie
endlessly, caught in the web of duty.

_ Stephen King

우리는 겨우 하루 날갯짓하고는

영원이라고 생각하는 나비를 닮았다.

We are like butterflies who flutter for a day and think

it is forever.

_ Carl Sagan

중단은 포기가 아니라 더 중요한 것에 집중하겠다는 선택이다. 중단은 신념을 잃는 게 아니다. 시간을 보내는 가치 있는 길이 더 많다는 걸 깨닫는 것이다. 중단은 나의 생명을 소진시키는 일이나 사람들을 놓아버린다는 의미다.

Quitting is not giving up, it's choosing to focus your attention on something more important. Quitting is not losing confidence, it's realizing that there are more valuable ways you can spend your time… Quitting is letting go of things (or people) that are sucking the life out of you.

_ Osayi Emokpae Lasisi

과거는 죽지 않는다.

과거는 심지어 지나가지도 않는다.

The past is never dead. It's not even past.

_ William Faulkner

다른 이가 당신에게 하는 말로

사람들을 판단하지 마라.

그보다 당신의 경험과 그들을 직접 겪은 바로

사람들을 판단하라.

Don't judge people by what others tell you;

rather judge them by your experience and encounter

with them.

_ Oscar Bimpong

강한 정신은 언제나 희망하며

언제나 희망할 이유를 갖고 있다.

A strong mind always hopes, and has always cause to hope.

_ Thomas Carlyle

고대에는 고양이가 신으로 숭배받았다.
고양이들은 잊지 않고 있다.

In ancient times cats were worshiped as gods; they
have not forgotten this.

_ Terry Pratchett

우리는 사물을 있는 그대로 보지 않고

우리 모습대로 본다.

We don't see things as they are,we see things as we are.

_ Anaïs Nin

행복은 나비 같다.
행복을 좇을수록 우리에게서 달아난다.
그런데 다른 것에 집중하면
행복은 다가와 우리 어깨 위에 부드럽게 앉는다.

Happiness is like a butterfly, the more you chase it, the more it will elude, but if you turn your attention to other things, it will come and sit softly on your shoulder.

_ Henry David Thoreau

전체 인생에는 젊음과 성숙은 물론 노년도 포함된다. 아침의 아름다움과 정오의 빛도 좋지만 저녁의 평온을 차단하려고 커튼을 치거나 불을 켜는 사람은 아주 어리석다. 노년도 나름의 기쁨을 갖고 있으며 젊음의 기쁨과는 다르지만 못하지 않다.

The complete life··· includes old age as well as youth and maturity. The beauty of the morning and the radiance of noon are good, but it would be a very silly person who drew the curtains and turned on the light in order to shut out the tranquillity of the evening. Old age has its pleasures, which, though different, are not less than the pleasures of youth.

_ W. Somerset Maugham

다른 사람의 감정을 존중하세요.
그게 당신에게는 아무것도 아니라도
다른 사람에게는 모든 것일 수 있어요.

Respect other people's feelings. It might mean nothing
to you, but it could mean everything to them.
_ Roy T. Bennett

항상 적을 용서하라.

그보다 적을 더 괴롭히는 것이 없다.

Always forgive your enemies; nothing annoys them so much.

_ Oscar Wilde

인어에게는 눈물이 없다. 그래서 더 많이 괴롭다.

A mermaid has no tears, and therefore she suffers so much more.

_ Hans Christian Andersen

가장 높은 산에 더 이상 오를 수 없다면

가까운 언덕으로 가라.

If you can't climb the highest mountain any more, go to the closest hill.

_ Nico J. Genes

과거로 가서 새로운 출발을 하는 건 불가능하다.
그런데 지금 시작해서 새로운 결말을 만드는 건
누구나 할 수 있다.

Though nobody can go back and make a new
beginning…Anyone can start over and make a new
ending.

_ Chico Xavier

안녕이라고 말하는 건 조금씩 죽는 것이다.

To say goodbye is to die a little.

_ Raymond Chandler

장애물이 생기고 낙담하고 불가능이 닥쳐도 버티고
인내하고 지속하기. 모든 것 중에서도 그것이
강한 영혼을 약한 영혼과 구별 짓는다.

Permanence, perseverance, and persistence in spite of all obstacles, discouragement, and impossibilities: It is this, that in all things distinguishes the strong soul from the weak.

_ Thomas Carlyle

모든 고양이는 야생 동물인 것 같다.

다만 고양이용 우유 접시가 있으면

길들여진 것처럼 연기를 할 뿐이다.

I think all cats are wild. They only act tame if there's a
saucer of milk in it for them.

_ Douglas Adam

당신이 절대적으로 특별한 존재라는 걸
항상 기억하라. 다른 모든 사람들이 그런 것처럼.

Always remember that you are absolutely unique. Just
like everyone else.

_ Margaret Mead

행복이 꼭 필요한 게 아니라는 걸 안다면

그것이 가장 큰 행복이다.

The greatest happiness you can have is knowing that

you do not necessarily require happiness.

_ William Saroyan

구름이 내 인생 속으로 흘러오지만

더 이상 비나 폭풍을 이끌고 오지 않는다.

대신 나의 석양 하늘에 색깔을 더해준다.

Clouds come floating into my life, no longer to carry

rain or usher storm, but to add color to my sunset sky.

_ Rabindranath Tagore

친한 친구들은 정말로 인생의 보물이다. 때로는 우리를 더 잘 안다. 그들은 예의를 갖춘 솔직함으로 우리를 이끌고 지지하며 웃음과 눈물을 나누기 위해서 존재한다. 친구의 존재는 우리가 결코 혼자가 아니라는 걸 상기하게 만든다.

Close friends are truly life's treasures. Sometimes they know us better than we know ourselves. With gentle honesty, they are there to guide and support us, to share our laughter and our tears. Their presence reminds us that we are never really alone.

_ Vincent van Gogh

인생의 첫번째 규칙 :

인생은 공평하지 않다. 그것에 익숙해져야 한다.

RULE 1 :

Life is not fair; get used to it.

_ Bill Gates

실수를 저지르는 적을 절대 방해하지 마라.

Never interrupt your enemy when he is making a mistake.

_ Napoleon Bonaparte

울음은 약하다는 걸 나타내지 않는다. 태어날 때부
터 울음은 살아있다는 신호였다.

Crying does not indicate that you are weak. Since
birth, it has always been a sign that you are alive.

_ Charlotte Brontë

어떤 사람들은 승리가 아주 가까울 때 중단한다.

Some people quit when victory is around the corner.

_ Bangambiki Habyarimana

어제는 과거고 내일은 미래다.

오늘은 선물이다.

오늘을 present라고 부르는 이유다.

Yesterday's the past, tomorrow's the future,
but today is a gift. That's why it's called the present.

_ Bil Keane

하루하루를 거둬들인 수확량이 아니라

뿌린 씨앗으로 평가해야 한다.

Don't judge each day by the harvest you reap but by

the seeds that you plant.

_ Robert Louis Stevenson

고양이는 사람들이 믿는 것보다 더 지적이어서
어떤 범죄도 배울 수 있다.

A cat is more intelligent than people believe, and can
be taught any crime.

_ Mark Twain,

언제나 진실을 말해라.

다른 사람에게 해를 끼치지 마라.

그리고 당신이 이 세상에서 가장 중요한 존재라고

생각하지 마라.

Always tell the truth, do no harm to others, and don't think you are the most important being on earth.

_ Harper Lee

의식적으로 추구한다고 행복을 이룰 수는 없다.
대개는 다른 일을 하다가 부수적으로 얻게 되는 게
행복이다.

Happiness is not achieved by the conscious pursuit
of happiness; it is generally the by—product of other
activities.

_ Aldous Huxley

젊을 때는 외로움이 고통스럽지만

성숙해지면 외로움이 기쁘다.

Solitude is painful when one is young, but delightful

when one is more mature.

_ Albert Einstein

친구는 당신에 대해 모든 걸 알면서도
사랑해주는 사람이다.

A friend is someone who knows all about you and still
loves you.

_ Elbert Hubbard

모든 동물은 평등하다.

그러나 일부 동물들은 더욱 평등하다.

All animals are equal—but some animals are more equal than others.

_ George Orwell

당신에게 적이 없다면 당신은 개성도 없는 것이다.

If you don’t have enemies, you don’t have character.

_ Paul Newman

우리는 눈물을 절대 부끄러워할 필요가 없다.

We need never be ashamed of our tears.

_ Charles Dickens

그만두는 게 가장 쉬운 일이다.

Quitting is the easiest thing to do.

_ Robert Kiyosaki

희망이 없는 사람은 두려움이 없는 사람이다.

A man without hope is a man without fear.

_ Frank Miller

내 사랑. 이건 작별 인사가 아니라 감사의 말입니다. 내 인생으로 들어와 기쁨을 줘서 고마워요. 나를 사랑해주고 내 사랑을 받아줘서 감사해요. 영원히 간직할 기억들도 고마워요.

This is not a goodbye, my darling, this is a thank you. Thank you for coming into my life and giving me joy, thank you for loving me and receiving my love in return. Thank you for the memories I will cherish forever.

_ Nicholas Sparks

지금 당장 살기를 시작하라.

그리고 매일매일을 하나의 인생으로 여겨라.

Begin at once to live and count each day as a separate life.

_ Lucius Annaeus Seneca

동물이 말을 한다면 개는 실언하면서 떠드는
녀석일 테고 고양이는 한마디도 말이 많지 않은
희귀한 우아함을 가질 것이다.

If animals could speak, the dog would be a blundering
outspoken fellow; but the cat would have the rare
grace of never saying a word too much.

_ Mark Twain

아무도 안 볼 때의 당신이 진짜 당신이다.

You are who you are when nobody's watching.

_ Stephen Fry

나는 지난 49년 동안 단명할 거라고 생각하면서
살았다. 나는 죽음이 두렵지는 않지만 서두르지도
않는다. 먼저 하고 싶은 일이 아주 많다.

I have lived with the prospect of an early death for the
last 49 years. I'm not afraid of death, but I'm in no
hurry to die. I have so much I want to do first.

_ Stephen Hawking

우리는 세월이 가면 늙는 게 아니다.

매일 새로워진다.

We turn not older with years, but newer every day.

_ Emily Dickinson

친구는 자신에게 주는 선물이다.

A friend is a gift you give yourself.

_ Robert Louis Stevenson

너무 많은 동의는 대화를 죽인다.

Too much agreement kills a chat.

_ Eldridge Cleaver

사람들을 이해하도록 노력하세요. 서로 이해하면 서로에게 친절해질 겁니다. 서로 잘 알면 결코 서로를 미워하지 않아요. 거의 모두 서로를 사랑하게 됩니다.

Try to understand men. If you understand each other you will be kind to each other. Knowing a man well never leads to hate and almost always leads to love.

_ John Steinbeck

세상의 눈물은 전체 양이 정해져있다.

한 사람이 울기 시작하면

어디선가 다른 사람은 그친다.

The tears of the world are a constant quantity. For each one who begins to weep, somewhere else another stops.

_ Samuel Beckett

한번 중단하면 습관이 된다. 절대 중단 마라.

If you quit once it becomes a habit. Never quit.

_ Michael Jordan

나는 아무것도 희망하지 않는다.
나는 아무것도 두렵지 않다. 나는 자유다.

I hope for nothing. I fear nothing. I am free.

_ Nikos Kazantzakis

인생에는 두 가지 비극이 있다.
마음속의 욕망을 이루지 못하는 것이 하나다.
다른 하나는 그 욕망을 이루는 것이다.

There are two tragedies in life. One is not to get your
heart's desire. The other is to get it.

_ George Bernard Shaw

고양이와 함께 보내는 시간은

절대 낭비일 수가 없다.

Time spent with cats is never wasted.

_ Unknown

아주 대담해지고 용감해져서 진정한 자신이 돼라.

Be bold, be brave enough to be your true self.

_ Queen Latifah

죽음은 도전장이다.

죽음은 시간을 낭비하지 말라고 명한다.

…

서로 사랑하고 있다고

지금 당장 말하라고 요구한다.

Death is a challenge. It tells us not to waste time…

It tells us to tell each other right now

that we love each other.

_ Leo Buscaglia

나이 든다고 젊음을 잃는 게 아니다.
나이가 들면 기회와 힘의 새로운 무대가 펼쳐진다.

Ageing is not lost youth but a new stage of
opportunity and strength.
_ Betty Friedan

우리는 우리에게 동의하는 사람의 판단력만

좋게 본다.

We hardly find any persons of good sense, save those

who agree with us.

_ François de LaRochefoucauld

당신이 아무리 재능이 뛰어나도 모든 사람이
좋아하지 않는다. 그게 인생이다.
그저 강하게 버티는 거다.

No matter how talented you are, not everybody is
going to like you. But that's life, just stay strong.
_ Justin Bieber

어떤 것은 너무 커서 보이지 않는다.
어떤 감정은 너무 거대해서 느낄 수 없다.

Somethings are too big to be seen; some emotions are too huge to be felt.

_ Neil Gaiman

다시 해라. 다시 연주하라. 다시 노래하라. 다시 읽어라. 다시 써라. 다시 그려라. 다시 연습해라. 다시 달려라. 다시 시도하라. '다시'는 연습이고 연습은 향상이며 향상은 완벽함으로 이어질 수밖에 없다.

Do it again. Play it again. Sing it again. Read it again. Write it again. Sketch it again. Rehearse it again. Run it again. Try it again. Because again is practice, and practice is improvement, and improvement only leads to perfection.

_ Richelle E. Goodrich

생명이 있는 한 희망도 있다.

오직 죽은 자만이 희망이 없다.

While there's life there's hope, and only the dead have none.

_ Theocritus

사랑이 항상 곤란을 일으킨다는 건 사실이다.
그런데 사랑의 좋은 면도 있다.
사랑이 에너지를 준다.

Love always brings difficulties, that is true, but the
good side of it is that it gives energy.
_ Vincent van Gogh

미래는 우리가 갈 장소가 아니라 우리가 창조할 장소이다. 미래로 가는 길은 찾는 게 아니라 만드는 것이다. 그리고 길을 만들다 보면 길 만드는 사람과 목적지가 둘 다 변화한다.

The future is not some place we are going to, but one we are creating. The paths are not to be found, but made, and the activity of making them changes both the maker and the destination.

_ John Schaar

꽃을 보고 있으면 마음이 편안하다.
꽃은 감정이나 갈등이 없다.

Flowers are restful to look at. They have neither
emotions nor conflicts.
_ Sigmund Freud

당신 자신의 모든 것을 받아들여라.
모든 것이어야 한다. 당신은 당신이며
그것이 전부다. 변명도 후회도 없어야 한다.

Accept everything about yourself — I mean
everything. You are you and that is the beginning and
the end — no apologies, no regrets.
_ Clark Moustakas

하루를 잘 보내면 행복한 잠을 자듯이,
인생을 잘 보내면 행복한 죽음을 맞는다.

As a well-spent day brings happy sleep, so life well
used brings happy death.

_ Leonardo da Vinci

한순간에 깨달아서 완벽하고 놀라운 진실을 얻는 사람은 극소수다. 대부분의 사람들은 고단한 모자이크 작업을 하듯이 미세하게 조금씩 발전하면서, 진실을 작은 조각조각으로 얻는다.

There are very few human beings who receive the truth, complete and staggering, by instant illumination. Most of them acquire it fragment by fragment, on a small scale, by successive developments, cellularly, like a laborious mosaic.

_ Anais Nin

절대 후회하지 않으며 절대 돌아보지 않는 걸

인생의 규칙으로 정하라.

Make it a rule of life never to regret and never to look back.

_ Katherine Mansfield

적을 친구로 만들면 적을 없앤 것과 같지 않을까?

Do I not destroy my enemies when I make them my friends?

_ Abraham Lincoln

조금 더 많이 인내하자. 조금 더 많이 노력하자.
그러면 절망적 실패로 보였던 것이 빛나는
성공으로 변할 수도 있다.

A little more persistence, a little more effort, and what
seemed hopeless failure may turn to glorious success.
_ Elbert Hubbard

가장 힘든 시간을 지나면 인생의 가장 위대한 순간으로 가게 된다. 계속 가라. 힘든 상황이 결국에는 강한 사람을 만든다.

Your hardest times often lead to the greatest moments of your life. Keep going. Tough situations build strong people in the end.

_ Roy T. Bennett

우리가 취할 수 있는 가장 큰 모험은
꿈꿔왔던 삶을 사는 것이다.

The biggest adventure you can take is to live the life of
your dreams.

_ Oprah Winfrey

사랑의 고통은 훨씬 달콤하다.

다른 모든 쾌락보다 더 달콤하다.

Pains of love be sweeter far.

Than all other pleasures are.

_ John Dryden

당신 자신을 찾으려고 시간 전부를 쓰지 마라.
당신이 자랑스러워할 자신을 창조하는 데
그 시간을 쓰라.

Don't spend all of your time trying to find yourself.
Spend your time creating yourself into a person that
you'll be proud of.

_ Sonya Parker

인생을 살면서 많이 웃을수록

인생도 당신에게 더 많이 웃어줄 것이다.

The more you smile in life, themore life smiles on you.

_ Mark Amend

자신이 소름끼치고 이상한 모습이어도
우리는 용기를 내어 우리 자신이 되어야 한다.

We have to dare to be ourselves, however frightening
or strange that self may prove to be.
_ May Sarton

당신의 현재 환경은 당신이 도달할 곳을 결정하지

않는다. 단순히 출발점을 결정할 뿐이다.

Your present circumstances don't determine where

you can go; they merely determine where you start.

_ Nido Qubein

나는 교육을 받지 않았다. 나는 영감이 있다.
교육을 받았다면 나는 바보가 되었을 것이다.

I no have education. I have inspiration. If I was
educated, I would be a damn fool.

_ Bob Marley

깊은 후회는 인생의 독이다.

Remorse is the poison of life.

_ Charlotte Bronte

살다 보면 사람들은 당신을 화나게 만들고 무례하게 굴고 부당하게 대할 수도 있다. 그들이 하는 행동을 신이 처리하도록 놔두는 것이 좋다. 당신 마음속의 미움은 당신마저도 집어삼키기 때문이다.

Throughout life people will make you mad, disrespect you and treat you bad. Let God deal with the things they do, cause hate in your heart will consume you too.

_ Will Smith

희망과 절망의 차이는 같은 사실을 놓고

이야기하는 방법의 차이다.

The difference between hope and despair is a different

way of telling stories from the same facts.

_ Alain de Botton

좌절을 극복하려면 장애물이 아니라
성과물에 초집중해야만 한다.

To conquer frustration, one must remain intensely
focused on the outcome, not the obstacles.
_ T.F. Hodge

꿈을 좇을 용기만 있다면

우리의 모든 꿈을 이룰 수 있다.

All our dreams can come true — if we have the

courage to pursue them.

_ Walt Disney

사랑하는 건 고통이다. 고통을 피하려면 사랑하지 말아야 한다. 그런데 이번에는 사랑하지 않아서 고통을 겪는다. 그러므로 사랑하는 건 고통이고 사랑하지 않는 것도 고통이고 고통받는 것은 고통받는 것이다.

To love is to suffer. To avoid suffering, one must not love. But, then one suffers from not loving. Therefore, to love is to suffer, not to love is to suffer, to suffer is to suffer.

_ Woody Allen

사람들은 흔히 저 이가 자기 자신을 아직 못 찾았다고 말한다. 그런데 자신이란 찾는 것이 아니라 창조하는 것이다.

People often say that this or that person has not yet found himself. But the self is not something one finds; it is something one creates.

_ Thomas Szasz

어떤 때는 기뻐야 웃게 되지만
어떤 때는 웃으면 기쁨이 생겨난다.

Sometimes your joy is the source of your smile, but
sometimes your smile can be the source of your joy.

_ Thich Nhat Hanh

행복은 외부 환경이 아니라

우리의 마음가짐과 관련 있다.

Happiness has to do with your mindset, not with

outside circumstance.

_ Steve Maraboli

모두가 천재다. 그런데 나무에 오르는 능력을 갖고 물고기를 평가한다면 물고기는 평생 자기가 바보라고 믿으며 살 것이다.

Everybody is a genius. But if you judge a fish by its ability to climb a tree, it will live its whole life believing that it is stupid.

_ Albert Einstein

오늘 좋은 하루를 보내도록 애써보세요. 어디에 있든, 무엇을 하든, 누가 곁에 있건, 설령 아무도 없다고 해도 말이죠. 행복해지려고 애써야 합니다. 당신은 내일을 볼 수 없을지도 모르니까요. 아침에 깨어나지 못해 오늘을 못 볼 사람들도 있습니다. 그 사람이 아닌 게 행운이라고 느끼도록 노력해보세요.

Try to have a good day today, wherever you are, whatever you do, whoever is near, if no one is near. Try to be happy, because you may not see tomorrow. There is someone this morning, who didn't wake up, who will never see this day. Try to feel lucky that this is not you.

_ Margaret Cho

사람은 인생에서 중요한 순간이 언제인지
너무 늦은 뒤에야 알게 된다.

One doesn't recognize the really important moments
in one's life until it's too late.
_ Agatha Christie

화가 나면 4까지 센다.

화가 많이 났다면 욕을 해버린다.

When angry, count four; when very angry, swear.

_ Mark Twain

절망적인 기분을 피하는 가장 좋은 방법은 일어나서 뭔가를 하는 것이다. 좋은 일이 당신에게 일어나기를 기다리지 마라. 당신이 밖으로 나가 좋은 일이 생기게 만들면 당신은 세상을 희망으로 채우게 될 것이고 당신 자신도 희망으로 채우게 될 것이다.

The best way to not feel hopeless is to get up and do something. Don't wait for good things to happen to you. If you go out and make some good things happen, you will fill the world with hope, you will fill yourself with hope.

_ Barack Obama

절대 포기하지 마라.
오늘은 힘들고 내일은 더 나빠지겠지만
모레는 햇살이 비칠 것이다.

Never give up. Today is hard, tomorrow will be worse,
but the day after tomorrow will be sunshine.
_ Jack Ma

꿈은 고통스러운 인생도 사랑하게 만든다.

A dream is what makes people love life even when it is painful.

_ Theodore Zeldin

사랑은 열정 중에서 가장 강력한 것이다.
머리와 마음과 몸을 동시에 공격하기 때문이다.

Love is of all the passions the strongest, for it attacks simultaneously the head, the heart, and the body.

_ Voltaire

근면은 행운의 어머니다.

Diligence is the mother of good fortune.

_ Miguel deCervantes

알코올이 사랑과 비슷하다.

첫 번째 키스는 매직이다.

두 번째는 친밀한 느낌이다.

그런데 세 번째는 판에 박힌 루틴이다.

Alcohol is like love.

The first kiss is magic,

the second is intimate,

the third is routine.

_ Raymond Chandler

몸에 대한 믿음을 잃는 건
자신에 대한 믿음을 잃는 것이다.

To lose confidence in one's body is to lose confidence
in oneself.
_ Simone de Beauvoir

행복과 비참의 가장 큰 부분은 환경이 아니라

우리의 성향에 의존한다.

The greater part of our happiness or misery
depends upon our dispositions, and not upon our
circumstances.

_ Martha Washington

어떻게 어린 아이들은 똑똑한데 어른들은 우둔할 수 있을까. 그렇게 만든 것은 틀림없이 교육이다.

How is it that little children are so intelligent and men so stupid? It must be education that does it.

_ Alexandre Dumas

한 사람의 인생에서

중요하지 않은 날 같은 건 없어요.

There's no such thing in anyone's life as an

unimportant day.

_ Alexander Woollcott

아침이 하루의 성공을 만든다. 많은 사람들은 일어나자마자 즉시 문자 메시지와 이메일과 SNS를 확인한다. 나는 아침에 일어나서 한 시간 동안 아침을 먹고 명상하는 등 나를 준비하기 위한 일을 한다.

Your morning sets up the success of your day. So many people wake up and immediately check text messages, emails, and social media. I use my first hour awake for my morning routine of breakfast and meditation to prepare myself.

_ Caroline Ghosn

화가 나면 열을 세고 말을 한다.
화가 많이 났다면 백까지 센다.

When angry, count ten before you speak; if very angry
a hundred.

_ Thomas Jefferson

밤이 어두울수록 별은 밝아지고 슬픔이 깊을수록
신에 가까워진다.

The darker the night, the brighter the stars, the deeper
the grief, the closer is God.

_ Apollon Maykov

매일 생각하는 것들이라면 절대 포기하지 마라.

Never give up on something that you can't go a day
without thinking about.
_ Winston Churchill

먼 목표에 도달하려는 사람은 반드시
작은 걸음으로 가야 한다.

Whoever wants to reach a distant goal must take
small steps.
_ Saul Bellow

사랑하면서 동시에 현명할 수는 없다.

You can't be wise and in love at the same time.

_ Bob Dylan

행운은 준비와 기회가 만날 때 생긴다.

Luck is what happens when preparation meets opportunity.

_ Unknown

왕자를 찾기 위해서는

두꺼비 몇 마리에게 키스를 해야만 한다.

To find a prince, you gotta kiss some toads.

_ Foxy Brown

인생의 가치 있는 것들은 모두 무섭다. 학교 결정하기, 직업 선택하기, 결혼하기, 아기 갖기는 무섭다. 만일 겁을 먹게 만들지 않는다면 그것은 가치 없는 일이다.

Everything that is worthwhile in life is scary. Choosing a school, choosing a career, getting married, having kids — all those things are scary. If it is not fearful, it is not worthwhile.

_ Paul Tournier

나는 환경의 산물이 아니다.
나는 내 결심의 산물이다.

I am not a product of my circumstances. I am a product of my decisions.

_ Stephen Covey

매일이 올해 최고의 날이라고 마음에 새기세요.

Write it on your heart that every day is the best day in the year.

_ Ralph Waldo Emerson

거울을 보면서 웃으세요. 매일 아침 그렇게 하세요.
인생에서 큰 차이가 생기는 걸 보게 될 겁니다.

Smile in the mirror. Do that every morning and you'll
start to see a big difference in your life.

_ Ono Yoko

분노의 최고 치유법은 지연이다.

The greatest remedy for anger is delay.

_ Lucius Annaeus Seneca

슬픔은 두 부분으로 되어있다. 첫 번째는 상실이다.

두 번째는 인생 다시 만들기이다.

Grief is in two parts. The first is loss.

The second is the remaking of life.

_ Anne Roiphe

절대로, 절대로, 절대로 포기 마라.

Never, never, never give up.

_ Winston Churchill

대부분의 사람이 목표에 도달하는 못하는 이유는 목표를 정의하지 않기 때문이며, 그 목표가 믿을 만하고 성취 가능한지 진지하게 생각한 적이 없기 때문이다.

The reason most people never reach their goals is that they don't define them, or ever seriously consider them as believable or achievable.

_ Denis Waitley

사랑하면 우리는 모두 바보가 된다.

We are all fools in love

_ Jane Austen

일을 더 열심히 할수록

더 많은 행운을 갖게 되는 것 같다.

I find that the harder I work,

the more luck I seem to have.

_ Thomas Jefferson

키스를 한 번만 하면

당신은 내가 말하지 않은 모든 걸 알게 될 거예요.

In one kiss, you'll know all I haven't said.

_ Pablo Neruda

사람의 몸은 최고의 예술 작품이다.

The human body is the best work of art.

_ Jess C. Scott

인생은 모든 사람에게 어렵다.
모든 사람이 힘든 날을 맞게 되는 것이다.
… 아픔과 곤란 그리고 걱정과 사랑은
삶의 모든 수준에서 당신과 얽히게 된다.

Life is difficult for everyone; everyone has bad days.
… Sickness and trouble and worry and love, these
things will mess with you at every level of life.

_ Domhnall Gleeson

우리가 아는 가장 아름다운 사람들은 패배와 고통을 알고 힘든 싸움과 상실이 뭔지 알며 또 그런 깊은 곳에서 빠져나오는 길을 찾아낸 사람들입니다. 그들은 감사와 감수성 그리고 인생에 대한 이해를 갖고 있으며, 그 덕분에 그들은 공감, 온화함, 깊은 사랑의 염려로 충만하게 됩니다. 아름다운 사람은 하늘에서 떨어지지 않습니다.

The most beautiful people we have known are those who have known defeat, known suffering, known struggle, known loss, and have found their way out of the depths. These persons have an appreciation, a sensitivity and an understanding of life that fills them with compassions, gentleness, and a deep loving concern. Beautiful people do not just happen.

_ Elisabeth Kübler-Ross

나는 삶이 좋다. 나는 가끔 미칠 듯이, 절망적으로,
극심하게 비참했다. 또 슬픔에 짓눌리기도 했다.
그걸 다 겪고도 내 생각은 여전히 분명하다.
살아있는 것만도 굉장한 일이다.

I like living. I have sometimes been wildly,
despairingly, acutely miserable, racked with sorrow;
but through it all I still know quite certainly that just
to be alive is a grand thing.

_ Agatha Christie

아침에 일어나면 햇빛과 당신의 생명과
당신의 힘에 감사하세요.
당신이 받은 음식과 삶의 기쁨에 감사하세요.
감사할 이유를 찾지 못한다면 문제는
당신 자신에게 있습니다.

When you rise in the morning, give thanks for the light, for your life, for your strength. Give thanks for your food and for the joy of living. If you see no reason to give thanks, the fault lies in yourself.

_ American aphorism

누구나 화낼 수 있다. 그건 쉽다. 하지만 올바르게 사람을 골라, 올바른 수준으로, 올바른 때에, 올바른 의도로, 올바른 방식으로 화를 내는 것은 쉽지 않다.

Anyone can become angry–That is easy. But to be angry with the right person, to the right degree, at the right time, for the right purpose, and in the right way — that is not easy.

_ Aristotle

행복은 몸에 유익합니다.
그런데 마음의 힘을 키우는 건 바로 슬픔입니다.

Happiness is beneficial for the body, but it is grief that
develops the powers of the mind.

_ Marcel Proust

한마디로 사람은 자신의 본질을 창조해야만 한다.
세상 속으로 자신을 던지고 세상에서 고통받고
투쟁하면서 사람은 차츰 자신을 정의하게 된다.

In a word, man must create his own essence: it is
in throwing himself into the world, suffering there,
struggling there, that he gradually defines himself.

_ Jean—Paul Sartre

목표를 가진 사람이 성공한다.

왜냐하면 그들은 어디로 가는지 알기 때문이다.

People with goals succeed because they know where they're going.

_ Earl Nightingale

나는 열심히 일할수록 운이 좋아진다.

The harder I work, the luckier I get.

_ Gary Player(남아공 골퍼)

키스는 말이 너무 많을 때 말을 멈추기 위해서

자연이 만든 사랑스러운 트릭이다.

A kiss is a lovely trick designed by nature to stop
speech when words become superfluous.

_ Ingrid Bergman

우리가 잡지에서 보는 모델들도
자기 이미지처럼 보이길 소망한다.

Even the models we see in magazines wish
they could look like their own images.
_ Cheri K. Erdman

사람은 힘든 일만 세기를 좋아하고

자기 행복은 계산하지 않는다.

Man only likes to count his troubles;

he doesn't calculate his happiness.

_ Fyodor Dostoevsky

서문

이 책 안에는 당신이 궁금해하는
삶의 작지만 확실한 해답이 들어있습니다.
부디, 그 작은 평화가 당신의 마음 안에서
조금씩 행복의 싹을 틔울 수 있기를 바랍니다.
잊지 마세요.
해답은 이미 내 안에 있습니다.

오늘의 해결책 시크릿

초판 1쇄 발행 2019년 6월 27일
초판 3쇄 발행 2023년 5월 22일

지은이 제임스 블런트
책임편집 조혜정
디자인 그별
펴낸이 남기성

펴낸곳 주식회사 자화상
인쇄,제작 데이타링크
출판사등록 신고번호 제 2016-000312호
주소 서울특별시 마포구 월드컵북로 400, 2층 201호
대표전화 (070) 7555-9653
이메일 sung0278@naver.com

ISBN 979-11-89413-89-7 02800

The BOOK of SOLUTION

오늘의 해결책

-secret-